本を読まない大学生と教室で本を読む

文学部、英文科での挑戦

JN222202

Reading with Non - Readers in College Classroom:
A Challenge at Department of English,
Faculty of Letters

鶴見大学比較文化研究所

深谷　素子 Motoko Fukaya

目次

はじめに：本を読まない大学生   5

第1章　読書とは何か   9
  1.1　本を読まないのは「良くない」ことなのか   9
  1.2　「コミュニケーション＝対話」としての読書   14

第2章　「すそ野作戦」その1：英語多読   21
  2.1　英語多読とは？   21
  2.2　多読授業　事始め   24
    2.2.1　1年目   24
    2.2.2　2年目   34
    2.2.3　3年目   36
    2.2.4　4年目   40
    2.2.5　5年目、そして現在   43

第3章　「すそ野作戦」その2：ブックカフェ開設   45
  3.1　ブックカフェのスペック（仕様）   45
  3.2　学生の目から見たブックカフェ   49

第4章　『グレート・ギャツビー』の教室   59
  4.1　『グレート・ギャツビー』   60
  4.2　本を読まない学生と読む『グレート・ギャツビー』   62
    4.2.1　足場かけ1：「わからない」から始める   63
    4.2.2　足場かけ2：翻訳を用いる   65
    4.2.3　足場かけ3：各章につき1箇所はじっくり訳読する   67
    4.2.4　足場かけ4：8コマ漫画を使う   74
  4.3　本を読まない学生は『グレート・ギャツビー』をどう読んだか   84
    4.3.1　授業後アンケートの結果   84
    4.3.2　学期末レポートより   88

おわりに：生涯消えない読書体験のために   92

注釈   96

参考文献一覧   98

はじめに：本を読まない大学生

2014年4月、筆者は、鶴見大学文学部英語英米文学科に着任し、主に2つのミッションを与えられた。英語を教えることとアメリカ文学を教えることである。実は、これはかなり恵まれた条件だった。折しも、2002年に文部科学省が打ち出した「『英語が使える日本人』の育成のための戦略構想」を受けて大規模な英語教育改革が進行し、「英語文学を専門として学位を取った教員が、自分の専門分野の文学作品を使い、訳読中心の英語授業を行うという旧来のやり方が急速に姿を消した」時期だったからである（深谷, 2009, p.3）。20年近く非常勤講師として様々な大学の英語科目を担当してきた筆者は、英語の授業で文学作品を使うなという有言無言の圧力に曝されてきた。英語で書かれた文学作品を読むことで英語力を磨いてきたと自負しているのに、それを禁じ手として封じられてしまうとなす術がない。

加えて、2015年に文科省が発表した人文社会科学系学部・大学院の組織の廃止や社会的要請の高い分野への転換を迫る文書が如実に示すように（文部科学省, 2015）、そもそも大学で文学を教えることに対する風当たりまで強くなっている時期だった。英語文学で学位を取った仲間たちが肝心の文学を教室に持ち込むことを許されず、忸怩たる思いをしている例は珍しくなかった。筆者自身、もはや文学教師として教壇に立つことはないだろうと半ば諦めかけていた頃に、英語英米文学科（以下、英文科）への赴任が決まったのである。

「教室で堂々と文学を教えていいんだ！」

皮肉な話だが、これはかなり新鮮な驚きだった。と同時に、強烈な使命感も沸き上がってきた。文学を学ぶ意義を教育関係者に対し、また社会全体に対し明確に打ち出していかなければならない。何よりも、教室の学生たちに文学を

学ぶ喜びを味わってもらわなければならない。2014年春、筆者はそれなりの気概を持って教壇に立った。

　ところが、である。そこに新たな難題が立ちはだかった。より深刻で根の深い問題。それは、「ふだんからほとんど（あるいは全く）本を読まない大学生たち」の出現である。着任時にアメリカ文学関連の科目（全学年受講可）で実施したアンケート（$n=54$）を見てみると、ふだん「全く本を読まない」と回答した学生が受講者全体の55％、「アメリカの文学作品を読んだことがない」と回答した学生が79％であった。筆者としては、大学教員になって初めてアメリカ文学の専門科目を担当するにあたり、受講者がどの程度読書をするのか、アメリカ文学についてどの程度予備知識があるのかを知りたかったのだが、8割方が初心者であり、そもそも本を読まない学生が半数以上いることが明らかとなったわけだ。かなりシビアな現実である。

　といっても、これは日本の大学生全体に起こっていたことのほんの一例にすぎない。大学生協が毎年実施している学生生活実態調査によれば、1日の読書時間が0分の大学生の割合が、2012年調査の34.5％から2013年＝40.5％、2014年＝40.9％、2015年＝45.2％、2016年＝49.1％と上がり続け、遂に2017年には53.1％と5割を超えた（全国大学生活協同組合連合会, 2018）。神奈川県内の私立大学法学部生に筆者が実施したアンケートを見ても、1日の読書時間0分が2013年＝12％（$n=63$）、2014年＝15％（$n=66$）、2015年＝16％（$n=55$）、2016年＝18％（$n=64$）、2017年＝20％（$n=63$）、2018年＝23％（$n=60$）と確実に増えており、2013年と2018年を比べるとほぼ2倍増であることがわかる。これは看過できない事態である。大学生は確実に本を読まなくなっているのである。

　いや、本を読まなくなっているのは大学生だけではない。かくいう筆者も、

10年前に比べると圧倒的に本を読む時間が少なくなっている。メールやSNSに時間を取られていることは明らかだ。電車に乗って周囲を見渡せば、文庫本や雑誌を開いている人は数えるばかりで、ほぼ9割がスマートフォンをいじっているご時勢である。2014年の文化庁による調査（16歳以上の男女3,000人対象）では、「1ヶ月に1冊も本を読まない」との回答が47.5%、「自分の読書量は減っている」との回答が65.1%に上り、読書離れが進んでいることが明らかになった（文化庁，2014）。この傾向は書店に打撃を与え、昨年は「変わる街　かすむ書店の存在感」「書店ゼロの街2割超」といった新聞記事が、社会全体の書籍離れを伝えていた（「変わる街かすむ書店の存在感」，2017）。青山ブックセンター六本木店が今年6月に閉店したニュースは記憶に新しい。つい最近では、朝日新聞夕刊の一面に「本　売れぬなら…」というタイトルが踊っていた。八百屋さん顔負けの店頭での売り込みやスマホ・ユーザーに紙の本を読ませる戦略など、本に関わる人々の汗と涙の努力が記されていた（「本　売れぬなら…」，2018）。

　以上のような状況を考えると、むしろ着目したいのは、先に言及したアンケートで「アメリカの文学作品を読んだことがある」と答えた少数派の学生たちである。54名中作品タイトルを挙げた学生が7名（0.1%）いたのだが、彼らは『アンクル・トムの小屋』（ハリエット・ビーチャー・ストウ）、『怒りの葡萄』（ジョン・スタインベック）、『白鯨』（ハーマン・メルヴィル）、『グレート・ギャツビー』（スコット・フィッツジェラルド）、そしてアーネスト・ヘミングウェイの短編小説「兵士の帰郷」、シャーロット・パーキンス・ギルマンの短編小説「黄色い壁紙」を挙げていた。察するところ、これらの作品は授業で読んだものと思われるが、彼らはそれをアメリカ文学作品として記憶していた。さらに、アメリカ文学で読んでみたい作品として、『若草物語』（ルイザ・メイ・オルコット）を挙げた学生が1名、『モヒカン族の最後の者』（ジェイムズ・フェニモア・クー

パー）が1名、『グレート・ギャツビー』が2名いた。

ここにわずかな希望が見いだせないだろうか。もちろん本を読まない学生のほうが圧倒的に多いわけだが、授業を通して本を読んだ学生がいる。本を読みたいと思っている学生もいる。もしかすると、本を読まないのは面白い本と出会っていないからだけかもしれない。何を読んだらいいのかわからないだけかもしれない。ならば、教える側が「読みたい奴だけ読めばいい」という上から目線の態度を捨て、読書の面白さを積極的に伝える指導をすれば状況は変わるのではないか。本を読む時間がないというなら、本を読むための時間をつくるよう仕向ければいいのではないか。いやもう一歩進めて、本を読まざるを得ない状況に学生を追い込んでみてもいいのではないか。

以上のような経緯から、筆者はみずからに第3のミッションを課すことにした。「鶴見大学の英語英米文学科の学生たちに1冊でも多く本を読ませる。しかも英文科なのだから、できるだけ文学作品を読ませる」。本書では、この新たなミッション達成のために着手したいくつかの試みを詳述する。どれもまだ道半ばであり、統計的に意味のあるデータを提示できるところまでは達していないが、変化の兆しは見て取れる。着手から5年でどのような変化が観察されているか、ご紹介したいと思う。

ここで一つお断りがある。本書では、便宜上「筆者」を主語として読書活性化のための様々な実践を紹介するが、当然のことながら、これらの実践は「筆者」ひとりで行ったものではない。英語英米文学科のすべての教員諸氏、関係各所の職員の方々、特に図書館司書、職員の方々の理解と熱意と惜しみないオーバーアチーブによって成り立っているものである。以下の記述においては、「筆者」を主語とせざるを得ないが、その背後には多数の教職員の存在があることをぜひ心に留めておいていただきたいと思う。

第1章　読書とは何か

1.1 本を読まないのは「良くない」ことなのか

　読書教育の実践報告に入る前に、そもそも読書の意義とは何なのかについて考えておきたい。

　2017年3月の朝日新聞「声」欄に、「大学生の読書時間『0分』が5割に」というニュースを受けて、ある大学生からの投書が掲載された。曰く、「本を読まないのは良くないと言えるのだろうか」「（読書は）役に立つかもしれないが、読まなくても生きていく上で問題はないのではないか」「読書をしなければいけない確固たる理由があるならば教えて頂きたい」というのである。この極めて答えにくい問いに対し、歌人の穂村弘が、以下のように回答している。一部抜粋して引用する。

　　「読書は楽器やスポーツと同じように趣味の範囲であり、読んでも読まなくても構わないのではないか」と改めて問われると、「賛成です」と答えることに不安と躊躇いを覚えます。（中略）

　　それはどうしてなのか、考えてみました。一つ思い当たったのは、読書という行為は言葉と密接に関わっている、ということです。（中略）

　　私がイメージしたのは蜘蛛と糸と巣の関係です。蜘蛛が自分の糸だけで編んだ巣の上で生きるように、我々も普段は意識しないけど、自らは内なる言葉（糸）が作り出した世界像（巣）の上で生きているんじゃないか。つまり、人間は言葉の介在無しに世界そのものを直に生きることはできないんじゃないか、と。

　　　　　　　　　　　　（「ひもとく　番外編　読書は必要？」, 2017)

続けて穂村は、「カスタネット・ガール」という新しい言葉を知ることによって、エスカレーターをガンガン大きな足音を立てて降りてゆくサンダル履きの女性に対する見方が「苛々」から「面白い」に変わった例を挙げて、言葉を知ることによって世界像が変化し得ることを指摘する。そして、「本が言葉の、すなわち他者の世界像の塊であることもまた確か」であり、だからこそ「読書に特別な意味を見出したくなる」のだと結論づけている。

　読書は言葉を読む行為であり、言葉なしには我々は自分が生きている世界を認識できない、あるいは生きていることすら認識できない（「生きている」という言葉とその意味を知らなければ「生きている」と感じることがそもそもできない）とするなら、読書には、他の趣味とは一線を画する意味合いが、確かにありそうだ。

　穂村が挙げた言葉と世界像との関係は、おそらく、ソシュール言語学における「あらかじめ確定している観念はないし、ラングが登場する前に区別されているものはない」という言語観を前提としたものだろう（ソシュール, 2016, p.158）。内田（2002）による解説がわかりやすいので、以下に引用してみよう。

　　私たちはごく自然に自分は「自分の心の中にある思い」をことばに託して「表現する」というふうな言い方をします。しかしそれはソシュールによれば、たいへん不正確な言い方なのです。

　　「自分たちの心の中にある思い」というようなものは、実は、ことばによって「表現される」と同時に生じたのです。と言うよりむしろ、ことばを発したあとになって、私たちは自分が何を考えていたのかを知るのです。それは口をつぐんだまま、心の中で独白する場合でも変わりません。独白においてさえ、私たちは日本語の語彙を用い、日本語の文法規則に従い、日本語で使

われる言語音だけを用いて、「作文」しているからです。

　私たちが「心」とか「内面」とか「意識」とか名づけているものは、極論すれば、言語を運用した結果、事後的に得られた、言語記号の効果だとさえ言えるかも知れません。(pp.72-73)

　言語を運用して初めて「意識」や「内面」が生まれる。つまり、言葉を知らなければ意識や内面は生まれようがない。このことの最も苛烈な事例を、アメリカの黒人作家フレデリック・ダグラス (Frederick Douglass, 1818-1895) による奴隷体験記『フレデリック・ダグラスの生涯の物語』(*The Narrative of the Life of Frederick Douglass, an American Slave,* 1845) に見出すことができる。ダグラスは、自らの奴隷体験を見事な英語で書き綴っているのだが、彼が読み書きを覚えることができたのは、幸運な偶然とその偶然を最大限活用した彼の才気と努力の賜物に他ならない。ダグラスは、白人の奴隷所有者たちが黒人奴隷に「考える」ことをさせないために、言い換えれば「意識」や「内面」を持たせないために、極めて狡猾に黒人奴隷から言葉を奪ったことを記している。以下の引用は、ダグラスが8歳のとき、オールド夫妻の元に奴隷として働きに出て、そこで文字を教わる機会を得たときの様子である。特に下線部に注目されたい。

Very soon after I went to live with Mr. and Mrs. Auld, she very kindly commenced to teach me the A, B, C. After I had learned this, she assisted me in learning to spell words of three or four letters. Just at this point of my progress, Mr. Auld found out what was going on, and at once forbade Mrs. Auld to instruct me further, telling her, among other things, that <u>it was unlawful, as well as unsafe, to teach a slave to read.</u> To use his own words, further, he said, "If you give a nigger an inch, he will take an ell. <u>A nigger should know nothing but to obey his master---to do as he is told to do. Learning would spoil the best nigger in the world. Now,</u>" said he, "<u>if you teach that nigger (speaking of myself) how to read, there would be no keeping him. It would forever unfit him to be a slave. He would at once become unmanageable, and of no value to his master.</u> As to himself, it could do him no good, but a great deal of harm. It would make him discontented and unhappy." These words sank deep into my heart, stirred up sentiments within that lay slumbering, and called into existence an entirely new train of thought. <u>It was a new and special revelation</u>, explaining dark and mysterious things, with which my youthful understanding had struggled, but struggled in vain. <u>I now understood what had been to me a most perplexing difficulty---to wit, the white man's power to enslave the black man.</u> (p.37、下線筆者)

オールド夫妻と暮らすようになってからすぐ、オールド夫人は大変親切なことに私にアルファベットを教え始めた。私がアルファベットを覚えてしまうと、次には3文字から4文字の単語の綴り方を覚えるのを手助けしてくれた。ちょうどこのあたりまで学んだところで、オールド氏がことの次第に気づき、すぐにこれ以上私に教えないよう夫人に言い渡した。他にもいろいろと言っていたが、曰く、<u>奴隷に読み方を教えるのは危険なだけでなく違法なのだという。</u>さらに、彼の言葉を借りると、こう言ったのだ。「ニガーに1インチ与えれば、奴らは1エル（45インチ）取る。<u>ニガーはただご主人様に従うことだけ覚えておけばいいんだ——言われた通りにす</u>

れ␖ばいいんだ。何かを学ぶと世界一のニガーがダメになる。なあ、おまえがそのニガー（私のことだ）に読み方を教えれば、こいつを置いておけなくなるんだぞ。こいつは永遠に奴隷不適格になってしまうんだ。すぐにも手がつけられなくなって、主人にとって何の価値もなくなるだろう。こいつにとっても何もいいことはないし、むしろ害があるばかりだ。こいつは満足できなくなり不幸になるんだ。」こうした言葉が私の心に深く突き刺さり、そこに眠っていた感情をひっかき回し、やがて全く新しい考えが次々に生まれてきた。それは新しく特別な啓示であり、若い頃にどんなにもがいてもわからなかった暗黒の謎を解き明かしてくれたのである。これまでもっとも私の頭を悩ませてきた難題——つまり、黒人を奴隷化する白人の力とは何なのか——が、今やっと私の腑に落ちたのである。（下線筆者）

　ここでダグラスは、「白人が黒人を奴隷として支配する力」が、奴隷から言葉を奪うことによって生じていると気づく。奴隷たちがいったん言葉を覚え、読む力を獲得すれば、彼らは「考える」ことができるようになる。そうなれば、彼らは「自由」について考え、白人による「不当な支配」について考え、やがて反乱を起こすかもしれない。言葉を教えなければ、奴隷支配は容易になる。この白人の策略に気づいたダグラスは、その後独学で文字を学び、逃亡に成功し、奴隷制の非道を世に知らしめるために奴隷体験記を出版するに至るのである。

　読書をしなければならない確固たる理由はここにある。言葉を知ることは、「考える力」を獲得することであり、それは他者からの支配を打ち破る力となり、人間に自由と独立を与えてくれる。言葉の集積である本を読むことは、さらなる「考える力」を読者に与えてくれるはずである。確かに本を読まずとも生きてはいけるだろう。しかし、ダグラスの例になぞらえれば、それはなんらかの

隷属状態で生きているだけのことである。読む力＝考える力を獲得すれば、「若い頃にどんなにもがいてもわからなかった暗い謎」が解明され、「新しい特別な啓示」が訪れ、そこにこれまで見たことのない地平が拓けるのである。いわゆる「ブレークスルー」体験だ。内田（2008）によれば、「ブレークスルーというのは、自分自身を見つめる『視点』が急激に高度を上げること」「自分自身を『それまでより広い地図の中で』、つまり『それまでより高い鳥瞰的視座から』見返す経験のこと」だという（p.58）。ダグラスは、読み書きの力が考える力であると気づくことで奴隷としての視点をブレークスルーし、それまでより広く高い視座から自分を見返し、黒人が白人に支配される謂れはないことに気づいた。言葉や言葉の集積である本を読むことは、こうしたブレークスルーをもたらす可能性を持っているのである。

　やはり、本を読まない手はないだろう。

1.2 「コミュニケーション＝対話」としての読書

　昨今コミュニケーション能力を身につけることがグローバル社会を生き抜く上で必須であるといった言説が世の中を席巻しているが、読書はコミュニケーション能力の涵養にも極めて効果的である。といっても、外国人と英語で流暢に会話する能力とか、パワーポイントを駆使して説得力のあるプレゼンテーションをする力とは少々違う。本を読みながら、本とコミュニケーションを取る力である。本との「コミュニケーション＝対話」とは、言い換えれば、テクスト（本に書かれていること）との対話であり、テクストの背後に見え隠れする作者との対話であり、さらに言えば、テクストを鏡として読者が対峙する自分自身との対話である。[1]

　テクストとの対話として最もイメージしやすいのは、作中の登場人物に感情

移入し、経験を共有するような読み方であろう。主人公の言葉に「そうだそうだ」と頷いたり、主人公の迷いに「しっかりしろよ」と励ましたり、主人公に恋心を抱いたりしながら読書をするとき、読者はテクストと対話している。あるいは、テクストが倫理的な問いを投げかけてくるような場合、読者はその問いを自分に向けることもあるだろう。例えば、『ハックルベリー・フィンの冒険』（*The Adventures of Huckleberry Finn*, 1884）の中に、主人公ハック（Huck）が逃亡奴隷と知りながら恩人であり信頼すべき友でもあるジム（Jim）を逃がしていいものか苦悩する場面がある。ハックが "All right, then, I'll go to hell."（「よし、それなら地獄に行こう」）と言い放ちジムを逃がす決断をするとき（p.283）、読者は「自分ならどうするだろう、ハックと同じような行動を取れるだろうか、もし取れないとしたら自分の何がそうさせるのだろうか」といった問いを思い浮かべるかもしれない。ハックを鏡として、読者は自分自身と対話していると言えるだろう。

　本を通して「作者と対話する」という場合、読者は本、あるいはテクストを作者の完全な創作物とみなし、作者がどのような意図やメッセージをテクストに託したのかを探りながら本を読むことになる。ロラン・バルト（Roland Barthes, 1915-1980）が「作者の死」ということを言い出して以来、自らの作品に関して全知全能であるような作者の存在を前提とするこのようなテクストの読み方はやや旧弊になった。[2] しかし、この方法はもちろん現在でも有効であり、教室で文学作品を読む場合などによく使われる。「なぜヘミングウェイは、この作品に「雨の中の猫」（"Cat in the Rain," 1924）というタイトルをつけたのだと思いますか？」とか、「サリンジャーは、『ライ麦畑でつかまえて』（*The Catcher in the Rye*, 1951）という小説で何を訴えようとしていたのでしょうか？」と問い、読者である学生たちは、その問いに答えようとしてテクストを

読むといった例が考えられよう。

テクストとの対話が、上記とは別の意味で作者との対話になるという主張もある。加藤（2004）は、バルトのテクスト論が、作品の外側にいる実体を持った作者を否定したことの問題点について、次のように述べている。

しかし、わたし達がふつうに行っている読みを反省してみれば、わたし達は、その作者について何一つ知らなくとも、その作品から作者の「思い」といったものを受け取る気がすることがある。（中略）そういう時、わたし達は、人格をともなったあの「作者」に引照しているのだろうか。創作ノートを見ているのならそうだろう。しかしわたし達は、現実の作者については何一つ知らない。材料としてはただテクストを読んでいるだけなのである。

だからわたし達は、こう考えるべきだ。それは「作者」ではない、テクストがわたし達に送り届けてよこす「作者の像」なのだ、と。（pp.50-51）

テクストを読みながら、つまりテクストと対話しながら、読者は無意識に「作者の像」を思い描き「作者の像」と対話しているという。加藤は、さらに「読者が、ある作品を読み、ここをこう作者が書いているのは、かくかくの理由からではあるまいかと感じることには、文学理論に先行する、権利がある」と述べる（p.55）。こうした「作者の像」との対話から得られた読者の解釈は、実体を持った「作者」の意図と一致する必要はない。テクストをどう読み、どのような「作者の像」を描くかは読者次第である。

一つ例を挙げよう。教室で学生たちと村上春樹の短編「木野」を読んだときのことである。主人公である木野が、出張から帰宅し自分の同僚と妻の浮気現場を目撃するという場面がある。村上は、そのときの木野の反応を「木野は顔

を伏せ、寝室のドアを閉め、一週間分の洗濯物が詰まった旅行バックを肩にかけたまま家を出て、二度と戻らなかった」と書いただけで（pp.217-218）、妻の浮気について怒りや苛立ちを示す様子を描かなかったのだが、女子学生たちがこれに強い抵抗を示した。彼女たちは木野の妻の立場でこの場面を読み、妻や同僚に罵声を浴びせることもなく無言で立ち去る木野を非難したのである。教師にコメントする間も与えず、学生たちは次々に発言を始めた。「妻は木野に怒ってほしかったはずだ」「浮気相手を殴ったってよかったと思う。そうすれば、妻との関係を修復できたかもしれない」「こういう態度だったから、木野は後になって罰を受けるのだ。自業自得だ」等々。これらの反応は、学生たちがテクストと対話した結果と考えられるが、もしここから、実在の作家である村上春樹がなぜ木野をこんなお人好しに描いたのか、その意図（があるとして）を探るような読み方をしたなら、それは全知全能の「作者」との対話になるだろう。一方、テクストを読むところから自然に、「木野の描写を読むと、（村上であるとは意識されない）作者はどうも木野を批判的に見ているようだ」という解釈に至れば、これは「作者の像」との対話になる。

　このように、我々読者は読書を通して様々な形の対話を楽しむことができる。そしてその対話は、ある種のコミュニケーション能力を高める効果がある。Reynolds（2016）は、「ゆっくりと、没入して、感覚の細部にゆきわたり、感情的、道徳的複雑さを豊かに喚起するような読み方」を "deep reading" と名付け、"deep reading" は、「読者が深く入り込み、読んでいることに省察や分析や各々が行間から読み取ったことを加えていくので、エンパシー（共感）を増幅させる」と指摘する。特に、文学作品を読むことは、他者の感情や思考の理解を高める効果があるという。

　加えて、読書という対話形式には、本を通じて死者と対話できるという特徴

があることも指摘しておかなければならない。死者との対話とはつまり、シェイクスピアやドストエフスキーやフォークナー、夏目漱石といった、すでにこの世にいない作家たちと、読者はテクストを通して対話できるということである。目の前にいる相手と会話をしたり、SNS で世界中の人と瞬時につながったりするようなコミュニケーションとの決定的な違いだ。生きた人間とのコミュニケーションは、相手が死んだらそこで終わりだが、テクストを通しての死者との対話は終わることがない。情報の新しさではなく長い時を経ていることがテクストの価値を高める。秒速で書き換えられていくネット情報と違い、死者が残したテクストはじっと動かずに存在し続け、読者に何度も読み直す時間を与えてくれる。例えば、サン・テクジュペリの『星の王子さま』や宮沢賢治の『銀河鉄道の夜』は、幼い頃に読んだときと大人になってから読み直したときでは、受け止め方が全く変わると言われる。テクストを通しての死者との対話は、時を超えて読者に豊かな体験をもたらすのだ。

　今読んでいる本が最近書かれたものだとしても、それが死者との対話になっている可能性もある。『読書の歴史』（*A History of Reading*, 1996）の著者マングエル（Alberto Manguel）が指摘するように、今目の前で読んでいるテクストは、それ以前に書かれた多くのテクストの影響を地層のように積み重ねた上に成立しているのであり、読者は知らず知らずのうちに、何世紀にもわたる知の集積を 1 冊の本という形で読んでいるのかもしれないのだ。

I mean that every book has been engendered by long successions of other books whose covers you may never see and whose authors you may never know but which echo in the one you now hold in your hand. (p.266)

つまり私が言いたいのは、すべての本は、他の本の長い長い連なりの先に生み出されているということだ。それらの本の表紙をあなたが目にすることは決してないだろうし、その作者をあなたが知ることは決してないだろう。しかし、それらの本は、あなたが今手にしている本の中にこだましているのである。

　ただ本を読むだけのことではあるが、読書という行為がいかに重層的な営みであるかがわかるだろう。

　ここまで、読書の効用について先人の知見を引用しつつあれこれと述べ立ててきたが、どれほどの説得力があるものかはっきりしない。そこでとどめに、仏文学者、鹿島茂の見解を引用して締めくくりとしたい。

　（前略）ここまでの人生を振返って総括すると、読書は少なくとも私には役に立ったということができるのだが、問題は実はこの結論の出し方自体にあるといえる。

　なんのことかといえば、読書の機能とは「今になって振り返ってみれば」というかたちで「事後的」にしか確認できないことにある。言い換えると、事後的であるから、これから人生を始めようとする若者に向かって「読書するとこれこれの得があるから読書したほうがいいよ」と事前的にはいえないということだ。（中略）

　というわけで、私の最終的な結論は次のようなことになる。

　読書の機能が事後的である以上、それを事前的に説明することはやめて、「理由は聞かずにとにかく読書しろ」と強制的・制度的に読書に導くこと、これしかないのである。（2010, pp.61-63）

この鹿島の結論は、アップル創業者のスティーブ・ジョブス（Steve Jobs）がスタンフォード大学卒業式のスピーチで"you can't connect the dots looking forward; you can only connect them looking backwards."（「先を見て点と点をつなげることはできない。振り返って初めて点と点をつなげることができるのだ」）と述べていたことと重なる。好奇心と直感のみに導かれてやってみたことを dot＝点と表現し、その点がつながった結果今の革新的な業績があることは、事後的に振り返ってみなければわからなかったというわけだ。

　事後的にしかわからないなら、とやかく言わずにやってみるしかないのだ。読書も同じである。まずは読書をさせるしかない。「強制的に、制度的に」。ジョブスは言う。「この方法は私を裏切らなかった。」教師としては、学生たちが同じ感慨を持ってくれることを祈りながら、彼らに読書をさせてみるしかないのである。

第2章 「すそ野作戦」その1：英語多読

前章の最後で、学生に読書をさせるにはつべこべ言わずに読書させるしかない、と書いた。鹿島の言葉を借りれば「強制的に、制度的に」読書をさせるしかない、と。そこで、本章では、鶴見大学の英語英米文学科で、学生に読書をさせるために筆者が実行した最初の作戦について詳述する。名づけて「すそ野作戦」である。とにかく、読書する学生のすそ野を広げようという作戦だ。すそ野が広がれば、そこから読書好きの学生が出る確率も高くなるだろう。やがて彼らの中から本格的に文学研究を志す者が現れないともかぎらない。ここ20年ほどのサッカーブームと日本サッカーのレベル向上がいい先例である。今や男子も女子も小学生の頃からスポーツと言えばサッカーだ。これだけ多くの子どもたちがサッカーに興味を持てば、当然そこからプロを目指す者の数も増える。互いに切磋琢磨してより優秀な選手が輩出されるのは必然だろう。日本サッカーのレベルはまだまだという声もあろうが、40年前に比べれば段違いに向上している。40年前にいったい何人の日本人が日本代表のワールドカップ出場、1次リーグ突破を想像できただろうか。

やはり、すそ野を広げることが全体のレベル向上につながるはずだ。では、読書をする学生のすそ野を広げるにはどうしたらよいか。目をつけたのが「英語多読」である。

2.1 英語多読とは？

英語多読（以下、多読）とは、学習者が、自分の英語のレベルや興味関心に合った英語の本を自由に選び、母語で読書をするときのように楽しむことを主な目的として読む英語学習法である。多読は、応用言語学者クラッシェン

（Stephen Krashen）の "Input Hypothesis"（インプット仮説）を理論的根拠としている。クラッシェンは、"comprehensible input"（理解できる範囲のインプット）を大量に行うことが学習者の "affective filter"（苦手意識のフィルター）を下げて学習意欲を喚起し、これが言語獲得を促進し英語力向上をもたらすと主張した（Krashen, 1985）。そのため、容易に理解できるレベル（"$i+1$"、iとは学習者の現在の言語能力を指す）の本を大量に読むこと、学習者が自主的に読書すること（Free Voluntary Reading）、そして学習者が楽しんで読書すること（Reading for Pleasure）の重要性を説いた（Krashen, 2004）。

　多読が、言語学習の効果的方法として注目を集め始めたのは、1981年にエディンバラ大学で、ヒル（David Hill）が EPER（Edinburgh Project on Extensive Reading）という研究プロジェクトを立ち上げたことがきっかけである。第2言語として英語を学ぶ学習者のための多読がここで始まった（Hill, 1992）。日本における多読は、日本の大学で英語を教えるデイ（Richard Day）とバンフォード（Julian Bamford）が、「英語リーディングの授業が、ただ教室に来て、テキストを読み、練習問題を解き、教室を出て、現実の生活に戻る、という空虚な儀式に終始する」状況を変えたいとの思いから、英語授業に多読を導入したのが始まりである（Day & Bamford, 1998, p.4）。さらに、日本での多読の普及に大きく貢献したのは、酒井邦秀や古川昭夫による100万語多読の推進であった（酒井, 2002; 古川, 2010）。二人を中心とする SSS 英語学習法研究会（現在は、SSS 英語多読研究会と改称。SSS とは Start with Simple Stories の略）が読書記録手帳を出版、英語の読書量を読んだ単語数で測り、これを記録してポイントのように貯めていく方式を開発した（SSS 英語学習法研究会, 2005）。さらに、出版社ごとにレベルの付け方がまちまちである多読用図書 graded readers に、日本人学習者にとっての「読みやすさレベル（YL）」を通しレベ

ルとしてつけたことも、多読を進める上での利便性を格段に上げた。読書量と読書レベルが可視化できるこの方法は、学習者のモチベーションの維持に大きな効果を発揮した。筆者も、長年この語数カウント方式と YL を使って多読指導を行い、効果を実感している。

　と、ここまで読み進めてきて、なぜ英語学習の話をしているのかと不可解に思われるかもしれないが、多読が英語学習法であると同時に「読書」活動であることを思い出していただきたい。多読は、「本を読む」学習法である。多読推進派として知られる応用言語学者たちは、口を揃えて「とにかく大量に読め」と強調する（Day & Bamford, 1998; Grabe, 2009; Nation, 2009）。多読授業では大量に本（英語の本ではあるが）を読む指導をするのだから、強制的に学生に読書をさせる場として最適ではないだろうか。

　多読授業が読書指導の場として有利な点はほかにもある。第一に、英語科目は必修なので、多読を導入すれば在籍する学生全員が多読指導を受けることになる。「すそ野作戦」としては、はずせないポイントである。第二に、学生たちの英語学習への欲求をうまく利用することができる。「英語でコミュニケーションが取れるようになりたい」という動機で英文科に入学してくる昨今の学生たちは、英語学習への強い意欲（強い妄想である場合も少なくないのだが）を持っている。英語学習の一環として多読を始め、大量に簡単な英語の本を読むうち、読書そのものへの興味が喚起される可能性は充分にある。ふだん日本語では本を読まない学生でも、英語の授業で強制的に英語の本を読まされるうち、本を読む習慣が培われるかもしれない。

2.2 多読授業　事始め

2.2.1　1年目

　かなり希望的観測ではあったが、やってみなければわからない。2014年4月、まずは筆者が担当する1年生の英語必修科目「リーディング」に多読を導入してみることにした。鶴見英文科では、入学後すぐにプレースメントテストを行い、「リーディング」と「ライティング」のクラスを4つのレベルに分けている。この年に筆者が担当したのは (c) クラスである。授業の半分を多読指導に当て、残りの半分は教科書を使って英文法の復習を行った。普通教室を使用したため、研究費で購入した多読用図書を毎回教室に運び込み授業を行った（写真1）。

　多読指導の際に心がけたことで現在も実践しているのは、以下の4点である。

　　1）授業内で30分程度読書をする時間を取ること（授業内多読）。
　　2）毎週読書記録（Weekly Report）を提出させること。
　　3）読書量を成績に反映させないこと。
　　4）可能なかぎり個別指導を心がけること。

　多読を授業外の課題とする指導法も、もちろんあり得る。例えば、学期ごとの達成語数をノルマとして定め、学生に各自読んでおくよう指示するといった方法である。2011年度から本学英文科の事業として実施されている「リーダー・マラソン」は、授業とは関係なく学生が自主的に多読し、ネット上に用意されたクイズで本の理解度をチェックし、合格すれば語数がポイントとして獲得されるシステムである。5月から12月までに読んだ語数が多かった学生が表彰されるイベント形式になっており、ちょうど授業外の自由課題に当たるだろう。[1]

　しかし、読書習慣のない学生に多読を指導する場合、やはり授業内で読書時

写真1：持ち込んだ多読用図書

間を確保することは必須だ。放っておけば本を読まないのだから、授業内で、言い換えれば教師が見張っている場所で、本を読む習慣をつけさせなければ始まらない。そのためには、多読の目的と効果をしっかり説明し、動機づけを行う必要がある。まず、多読が英語力、読書力の向上に繋がることを説明する。3）にあるように、読書量で成績をつけること（○万語読んだら A とか、○語以下だったら不可とか）はしないが、読書量は英語を読む力に必ずいい影響を及ぼすので、テストで英語の長文を読むときに効果を実感するはずだと伝える。TOEIC スコア上昇への影響も実証されていることを紹介する（西澤・吉岡, 2017; 豊田高専, 2011）。加えて、学期末テストに Book Report を組み込み、テストでよい Book Report が書けるかどうかは読書量にかかっていることも強調する（図 1 参照）。毎年、このあたりまで話を進めると、学生の目は真剣になってくる。

　さらに多読が自律的に学習する力、いわゆるメタ認知能力を育むこともつけ加える。多読では、原則として本を読んだ後に、内容理解をテスト等でチェックしないことが推奨されている。本を読んだ後に小テストや感想文が待っているのでは「楽しみのための読書」にならないからだ。小学生の頃、読書感想文のために課題図書を読むのが苦痛だった経験を持っている方は少なくないだろう。これでは読書は続かない。では、学生たちは読んだ本が理解できたかどうかをどうやってチェックするのか。チェックなどする必要はない。学生本人が自分に問うてみればわかることである。ここでメタ認知能力の出番である。読んだ本を理解できたかどうか客観的に自分に問い直し、もし理解できていなければもっと簡単な本を読むように路線変更する、逆に簡単だと感じていれば少し上のレベルの本を読んでみる、つまらないと思ったら面白い本を探すなど、自分で自分の読書をコントロールするのである。これがうまくできるようになれば、

Book Report

Your Name _____   Student ID _____

Book Title (Author)			
Series & Level (例 FRL7, ORT2):		YL:	
本の語数:		読むのにかかった時間 （概算）	
ジャンル		面白さレベル	☆☆☆☆☆
1行あらすじ			

I strongly recommend this book.
Let me tell you two reasons why I recommend this book.
First, …
　　　（英文で）_____
（以下、細かい説明は日本語でよい。必ず本の中から具体的な例を挙げること。）

_____

_____

_____

_____

Second, …
　　　（英文で）_____
（以下、細かい説明は日本語でよい。必ず本の中から具体的な例を挙げること。）

_____

_____

_____

_____

図1：Book Report（サンプル）

学生たちは自律的読者、自律的学習者に成長することができる。

　3）の読書量を成績に反映させないという方針も、メタ認知能力を高めて学生を自律的学習者に育てるのには欠かせない。読んだ語数で成績が決まると言えば、必ず読んでいない本の語数を加算して読書量を水増しする行為が誘発される。読めてもいない本を読んだことにして、本を読めるようになるはずがない。現在の自分には何が読めて何が読めないのか、読めない本を読めるようにするにはどうしたらいいのか、どんな本なら読む意欲が湧くのか、こうしたことを客観的に考える力こそがメタ認知能力であり、これが身につけば後は放っておいても彼らは勝手に読書するようになるだろう。[2]

　自分の読書を客観視するには、2）の読書記録をつけることも極めて重要となる。筆者の多読授業では、読書記録を Weekly Report と称してこれを毎週必ず提出させることにしている（図2参照）。[3] ここに1週間に読んだ本のタイトル、レベル（YL）、語数、一言感想を記入することで、ここまでに何語、何冊読んだのか、どの本が面白くてどれがつまらなかったのかなどを確認することができる。統計的な相関関係があるかどうかはわからないが、読書記録を毎週きちんと提出し、常に自分の読書量を把握できている学生は、読書を継続できる傾向にあることは経験的に明言できる。表1において各年度の最大語数を記録した学生はすべてここに当てはまる。

　もう一つ、多読指導に不可欠なのが4）の個別指導である。教室で全員が同じ教科書を読むタイプの授業とは異なり、多読授業では、（ちょうど「朝の読書」活動のように）全員が違う本を読む。レベルもジャンルもペースも異なるので、学習者1人1人に合った指導を個別に行う必要が出てくる。教室で学生たちが本を読んでいる時間に机間巡視するのも一つの方法だが、筆者はCommunication Sheet（以下、CS）を使って各学生と意思疎通を図っている（図

Weekly Report

Date ____ / ____ Name _____ Student ID _____

Extensive Reading Record

No.	タイトル	シリーズ名	YL	語数	評価	評価および感想・メモ
e.g.	Apollo 13	PGR 2	2.2	8,300 累計→ 8,300	◎	*They are so brave!*
（前のシートから転記）**これまでの累計語数**					**冊数**	
1						
2						
3						
4						
5						
6						
7						
8						
9						
10						
これまでの累計語数 **累計冊数**						**語** **冊**

Today's new vocabulary

知らなかった語	品詞	意味	読んだ本のタイトル

図２：Weekly Report（サンプル）

3参照)。[4] 初回授業時に配布し、学生は氏名、目標、抱負等を記入して提出、教師がコメントをして次の授業開始時に返却する。そこから出席カード代わりに毎回授業終了時に学生は感想や質問を書いて提出、次週に教師がコメントを入れて返却することの繰り返しである。2014年度に行ったアンケートでは、CS の効果について、「先生とコミュニケーションをとることで、自分にあった本や、好みの本を紹介してくれるので、多読がはかどり、役に立つと思います」「先生と1対1で毎週話せるのは、みんなの前だと言いづらいことも言えるし、1人1人と向き合ってくれてる感じが生徒たちにも伝わっていて良かった」「授業中に中々質問できなかったりしても書けば意志を伝えられるし、個人にあったアドバイスをもらえる」といった回答が寄せられた。個別指導の手段としてCS が機能したことがうかがえる。

　さて、以上の4原則を守りつつ、初年度は読書活性化のための活動も試みた。英語絵本の読み聞かせである。ふだん日本語でもあまり本を読まず、英語の本などなおさら縁のない受講者に英語読書への関心を持ってもらうために、教師が英語絵本の読み聞かせを行った。絵を見ながら英語の音を聞き、物語を楽しんでもらうのが狙いである。使用する絵本には、*Yo! Yes?*（Chris Raschka）、*Frog and Toad Are Friends*、*Grasshopper on the Road*（Arnold Lobel）、*The Missing Piece*（Shel Silverstein）、*I'm Here*、*ish*（Peter H. Reynolds）など絵本として評価の高いものを選んだ。まず英語で読み聞かせし、次に日本語に訳しながら語彙や特徴的な表現の解説をする。最後にもう一度英語で読み聞かせしてから、Weekly Report にコメントを記入させた。授業後アンケートで、面白かった本として *I'm Here* と *ish* を挙げた学生が1名おり、「絵がかわいらしいのと、ストーリーがさみしくも最後は心暖まる物語だから」とコメントしていた。絵本の読み聞かせは2015年度の多読授業でも継続したが、絵本読書は

Communication Sheet

Name _____ Student ID _____

前期の目標・抱負 _____ 達成目標語数_____語

		今読んでいる本や今日の授業内容についての**つぶやき** 次に読みたい本について相談、リクエストなど	教師からのコメント
1	4/12		
2	4/19		
3	4/26		
4	5/10		
5	5/17		
6	5/24	YL1.1 レベルは普通に読めているなと感じました。	その調子で続けよう！
7	5/31		
8	6/7	内容をよく読んだので Xreading のクイズをパスできた。	Good job. 自信につながるね。
9	6/14		
10	6/21		
11	6/28		
12	7/5		
13	7/12		
14	7/19		
15	7/26	最終授業日	

図３：Communication Sheet（サンプル）

その後、別の形で発展させることになった（3.1を参照）。

　2014年度の授業後アンケートの結果を図4に示す。リカートスケール方式の5段階評価（1まったくそう思わない、2そう思わない、3どちらとも言えない、4そう思う、5強くそう思う）で回答させた。「英語での読書習慣がついた」に対しては「3どちらとも言えない」が最も多く40%、「4そう思う」が35%、「5強くそう思う」が15%だった。「英語での読書への興味が増した」は「4そう思う」が55%、「5強くそう思う」が30%で、8割強の受講者が「興味が増した」と感じたことがわかる（$n = 20$）。受講者総数が20名なので統計的にどれほどの意味があるかは定かではないが、パイロットプロジェクトとしては意義があったと考えられる。やはり強制的、制度的に本を読ませれば、読書の意義に気づく学生が一定数いるということだろう。2014年度の年間読書量は、平均総語数が37,077語（最大：101,033語、最小：5,221語）、平均総冊数が67冊（最大：176冊、最小：22冊）（$n = 20$）だった。最大で10万語なので読書量としてはまだまだ少なく、改善の余地があった（表1）。

表1：5年間の読書量の推移

実施年度 （担当クラス）		2014 (c)クラス	2015 (b)クラス	2016 (a)クラス	2017 (d)クラス	2018 (c)クラス
語数	（平均）	37,077	90,054	248,562	51,437	75,862
	（最大）	101,033	587,665	788,155	277,439	167,664
	（最少）	5,221	7,217	47,575	18,161	17,190
冊数	（平均）	67	100	159	185	155
	（最大）	176	343	422	484	266
	（最少）	22	20	62	82	49
n	（人数）	20	26	17	25	22

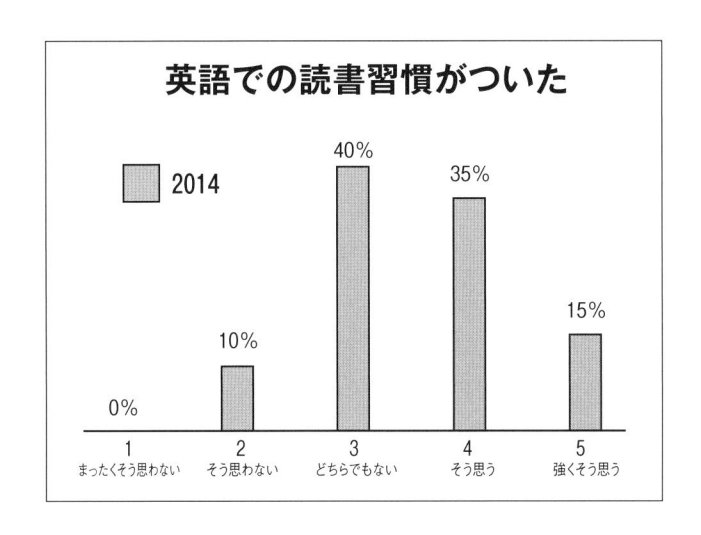

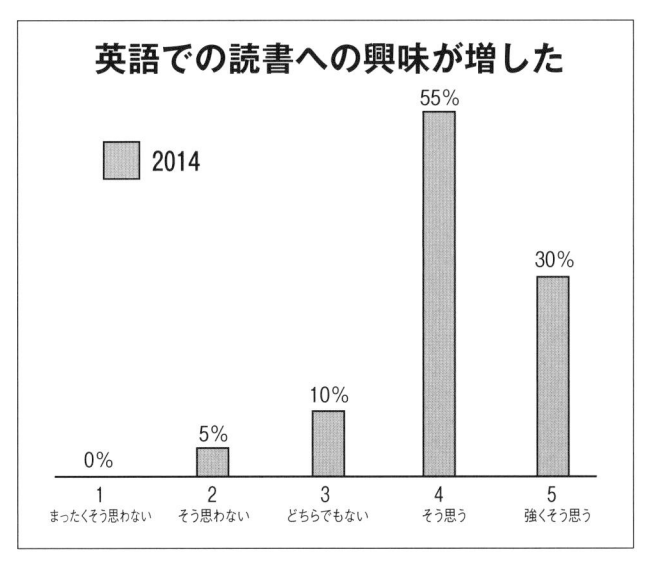

図４：初年度（2014年度）のアンケート結果

2.2.2　2年目

　2015年度は（b）クラスを担当した。この年度に行った工夫は、後期に「聞き読み」という方法を取り入れたことである。多読用図書には朗読音声がCD（最近はネットからダウンロードできる音源）の形でついているものが多い。音声を聞きながら英語の本を読むことができる仕組みである。前期はまず、英語読書に慣れてもらうため書籍だけを教室にもっていき、後期に入ったところで書籍とCDをセットにして教室に並べた。学生は好きなセットを選び、教室に備え付けのパソコンで音声を再生しながら本を読む（写真2）。「聞き読み」の効果については、高瀬（2010）が「リスニング力の向上」「文字と音声の関連付け」「多読のスピードを上げ効果を高める」の3点を指摘している。前者2点は想定内だったが、3点目は実践してみて初めて実感した効果だった。

　学生たちは、簡単なレベルの本に心地よさを感じてしまうと、なかなか上のレベルに挑戦しようとしない。簡単なレベルの本をダラダラ読みし始めたりする。これは英語に苦手意識を持つ学習者や学習習慣のついていない学習者に特に見られる傾向だ。平たく言えば、サボりたくなると、つい簡単なレベルの本でお茶を濁し続けてしまうということだ。しかしこれを放置しては読書量は増えないし、英語力・読書力もつかない。何かブースターが必要である。

　そこで、この年の後期に「聞き読み」を実践したところ、学生たちが少し上のレベルの本に手を出し始めた。朗読音声があると読むスピードをコントロールされるので、ダラダラ読みはしていられないし、効果音やBGMも入っているので少し長めの本でも飽きずに読み進めることができるようだ。前期は*Oxford Reading Tree*（以下、ORT。多読で最初に読み切ることを推奨している、最も簡単な英書シリーズ全180冊）ばかり読んでいた学生が、リトールド版（平易な英語に書き直された版）の*Frankenstein*（『フランケンシュタイン』）や

写真２：パソコン教室での多読授業

Pride and Prejudice（『高慢と偏見』）を楽しんで読むという例が見られるようになったのは、大きな変化だった。この年のアンケート結果は図5を参照されたい。「読書習慣がついた」「読書への興味が増した」についてともに、「4 そう思う」が最も多く42％と46％、「5 強くそう思う」と合わせると61％、73％だった。「聞き読み」導入の効果なのか、年間読書量は前年度を上回り、平均総語数90,054語（最大：587,665語、最小：7,217語）、平均総冊数100冊（最大：343冊、最小：20冊）となった（*n* = 26）。

2.2.3　3年目

多読実施から3年目の2016年度は、「すそ野作戦」の正念場であった。筆者個人、あるいは英文科だけで実施されていた多読を大学全体に広めるべく、図書館の多読用図書の整備を行ったのである。前述した通り、鶴見大学では2011年度から「リーダー・マラソン」という形で多読が始まっており、図書館にはすでに多読用図書がある程度揃っていた。しかし蔵書が比較的難易度の高い本に偏っていたので、ORTシリーズを始めとする簡単なレベルの本を加えてもらい、2016年度の時点で5,000冊ほどの蔵書を備えていた。図書館を多読の拠点とする試みはすでに各地の学校図書館や公立図書館で始まっており（酒井・西澤, 2014）、鶴見大学図書館もそこに加わることができればと考えてのことである。目指すのは、多読をしたい人なら誰でも図書館に来て多読本を読み、その語数やレベルを記録し、必要なら多読指導を受けられるようなシステムの構築である。とりあえず、2016年度に実施したのは、図書館にある多読用図書に語数とレベルを明記したシールを貼ることと（写真3）、その情報を鶴見大学図書館OPAC（蔵書検索システム）に流し込むことだった。この作業により、授業外で多読をし読書記録をつけることが格段に簡便になった。「すそ野作戦」

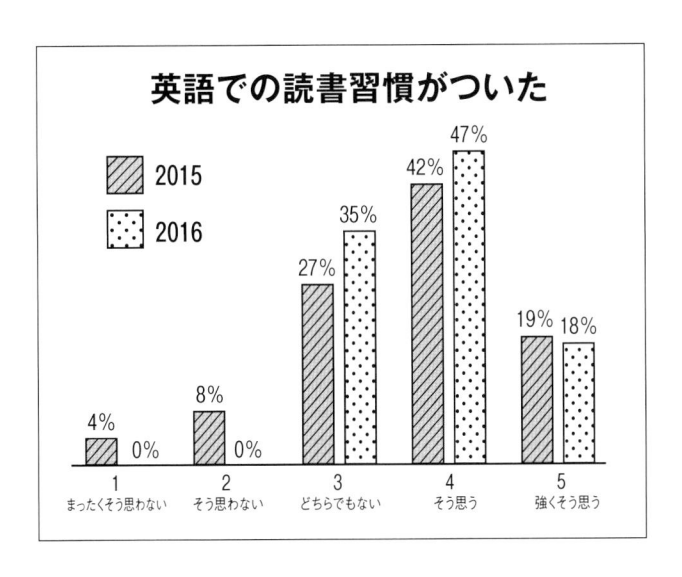

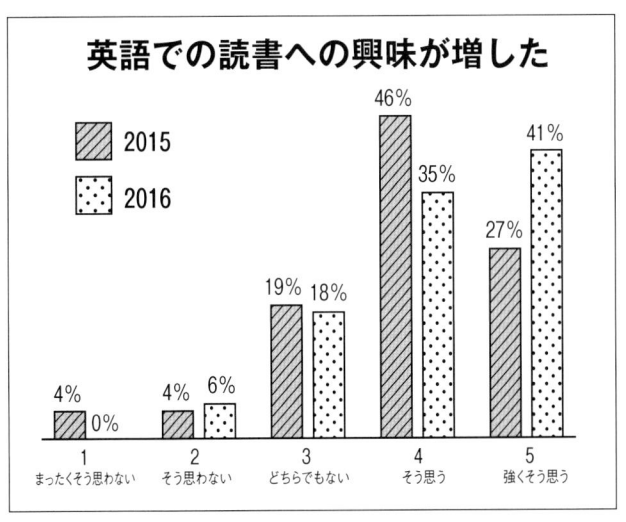

図5：2015, 2016年度のアンケート結果

の大きな一歩と言えるだろう。[5]

　さて、この事業と並行して、筆者の多読授業も図書館で実施することにした。まさに「図書館多読」の実践である。いちいち教室に多読用図書を運ばずにすむことは教師にとって一番ありがたかった。また、教室に運ぶとなるとどうしても使用する図書が限られるが、図書館で多読授業をすれば、学生は5,000冊の中から好きな本を選べるのである。このメリットは大きい。図書館内のラーニングコモンズ的スペース（「学修支援スペース」）の周囲に、多読用図書を乗せたブックトラックを配置し、読書をしたくなるような演出も施した（写真4参照、写真は2018年度の授業風景）。PC教室ではないので、この年度は「聞き読み」は実施しなかった。

　図書館多読が功を奏したのか、比較的学習習慣のある学生が揃っていたからか、年間で20万語以上読んだ学生が9名（52％）、その中で50万語以上読んだ学生が2名（11％）出た。2016年度のアンケート結果を図5に、読書量を表1に示す。過去2年間との違いは、「読書への興味が増した」について「5 強くそう思う」が41％と最も多かった点だ。年間読書量も、平均総語数248,562語（最大：788,155語、最小：47,575語）、平均総冊数159冊（最大：422冊、最小：62冊）と3年間で最も多かった（$n=17$）。「自分の好きな本を読んで学べるため英語の勉強が嫌にならないまま効果を得ることができたと思う」「読むスピードは、間違いなく速くなった」「受験の時、形で解いていた文章問題などを意味を理解して解けるように少しなった」（傍点、筆者）などの肯定的コメントも寄せられた。最後のコメントの「少し」という表現が正直なところだろう。多読を1年間やっても劇的な変化が起こるわけではない。この「少し」の積み重ねが肝要なのである。となると、1年次の英語必修科目で多読を実践した学生たちが、2年次以降多読を継続できる環境が必要となる。そのために図書館の多読

写真３：語数・レベルシールと図書館内多読用書架

用図書の整備を行ったわけだが、前述したように多読には個別指導が欠かせない。2年次以降の多読指導のための方策を考えなければならなかった。これについては、次章で詳しく紹介したい。

2.2.4　4年目

　2017年度に担当したのは（d）クラスだった。学習習慣が充分に身についていない学生が多く、読書習慣などなおさら期待できない。しかし逆に言えば、ここが「すそ野作戦」の肝とも言える。彼らの一部でも多読授業で読書習慣をつけてもらえれば「すそ野」が広がることは間違いないからだ。そこでこちらも気合いを入れて、上記4原則を徹底して行った。毎回30分以上の読書時間を確保した。その間に1人1人の机を回り、1週間の読書について簡単な個別指導を行いつつ、その場で Weekly Report をチェックした。記入漏れや記入ミスはその場で訂正させ、常に学生が自分の読書量を把握できるよう心がけた。質問やリクエストもその場で受けた。集中力が続かない学生も多いので、この年度は PC 教室を使い「聞き読み」を実践した。これは劇的な効果を発揮し、30分以上学生たちが読書に集中するという場面も見られるようになった。

　さらに、多読用クイズサイト（MReader）を利用してみたところ、これも効果があった。クイズにパスすることが、彼らの「有能性の欲求」（「やればできるといった『期待感』『達成感』を味わいたいといった欲求」）を刺激したようである（廣森, 2015, pp.100-101）。前章で述べたような「読書の効用」からすると、クイズにパスするために本を読むというのは邪道だが、何が読書の楽しさにつながるかわからない。X-Reading という多読用 e-book サイトも使用した。多読用電子図書を PC やスマート・フォンで読めること、やはりクイズが受けられることがメリットだ。[6] これらの努力の結果、受講者の平均読書量

写真４：鶴見大学図書館学修支援スペースでの多読授業

は2014年度を上回った（表1）。ただし、それから1年経った現在、多読を続けている学生は25名中数名のみ、というのが厳しい現実である。[7]

　ただ、このクラスのある学生については特筆しておきたい。仮にAさんとしておく。Aさんは、中高を通して英語に苦手意識があり、多読を始めた4月当初は、英単語とイラストを結びつけてなんとかORTを読めるような状態だったという。しかし、多読指導を始めてから少しずつ変化が現れた。元々日本語での読書が好きだったこともあってか、授業中の読書時間に英語読書に集中するのはもちろんのこと、毎週授業外でも本を読みWeekly Reportの10冊の欄を埋めてきた。週に10冊以上読んでくることもあった。前期末には約300冊、7万語を読みクラスのトップランナーに躍り出た。夏休み中も読書を継続し、夏休みが明けた頃にはAさんの表情に自信が感じられるようになってきた。図書館で自分が読めるレベルの本をあれこれ探し、難しかったら本を変えるなど、自分で考えながら本を選び読書する習慣が育ちつつあるのが感じられた。結局、後期末までに277,439語、484冊を読破した。たまたま2年次も筆者のゼミで多読を続けることができたため、2年次の前期末でその読書量は439,510語、614冊に達した。本人に確認したところ、この時期に大きな変化があったのだという。2年次前期には難しいと思っていた英文法のテキスト（海外出版社のもの）が夏休み明けには理解できるようになり、英語で書かれた問題文に正しく答えられるようになったのだという。これが大きな自信につながったようだ。

　読む本にも変化が生じ、1年次には絵が多い1,000語以下の児童書を中心に読んでいたのだが、2年次後半には文字中心の5,000語の本を読めるようになった。それも、英語学習者向けに書かれたgraded readersではなく、ネイティヴの子ども向けに書かれた *Magic Tree House* シリーズを読んでいるという。

2年次のクラスでもその読書量は最多であるため、クラスメートたちから一目置かれるようになっている。2年次後期期末で読書量は、692,647語、718冊に達した。多読で得た自信が、今後Aさんの他の学習面にどのような影響を与えるか、見守りたいと思っている。

2.2.5　5年目、そして現在

　多読授業の実践も5年目に入り、英文科のカリキュラムの中で一定の役割を与えられるようになった（と思う）。まず、入学前準備学習の一環としての「多読入門講座」が定着した。2016年度入学者を対象として12月に開催するようになって3年目になるが、2018年度の入学者には事前にORTのリストを渡し、鶴見大学図書館や近隣の公立図書館等を利用して入学前にできるだけ読むよう課題を出した。4月に調べたところ、7名の新入生が入学時点でORT全180冊（計71,221語）をすでに読破していることがわかった。今年度筆者が担当した（c）クラスに全冊読破して入学した学生が4名いるが、前期終了時にすでに読書量が10万語を超え、多読のトップランナーとして順調に読書を続けている。また、年間読書量も、平均総語数が75,862語（最大：167,664語、最小：17,190語）、平均総冊数が155冊（最大：266冊、最小：49冊）と、2014年度（c）クラスの約2倍となった。クラスの構成メンバーが違うので単純な比較はできないが、「すそ野作戦」が少しずつ機能してきているのではないかと、筆者としては信じたいところである。

　また、5年目の大きな変化は、1年生の英語必修科目「リーディング」の全4クラス合同で多読オリエンテーションを行ったことだろう。「英文科での4年間の英語学習の基礎を、多読によって固めてもらいたい」という、英文科全体としてのメッセージを学生全員に伝える効果を狙ったものである。教員側の

思いがどこまで学生に伝わったか、心もとないところもあるが、少なくとも種は蒔かれた。後は、その種をどう育て大きく花開かせるかである。「すそ野作戦」はまだ始まったばかりで道のりは遠いが、途中で諦めるわけにはいかない。

第3章 「すそ野作戦」その2：ブックカフェ開設

　英語多読により読書する学生を増やす「すそ野作戦その1」は一定の効果を見せたが、1年次の必修科目での実践に限られるのが欠点だった。1年生でせっかく多読を始めて読書習慣がついても、授業がなくなった途端また本を読まなくなるのではもったいない。2年次以降も多読を続けられる場所が必要である。もちろん図書館の多読用図書を利用して個人的に多読を続けることも不可能ではないが、先に述べたように多読には個別指導が不可欠である。学習者の読書を継続的に観察し、適切なタイミングで学習者それぞれに応じたアドバイスを行うことで、読書の長期的継続が促され、その結果読書量が確保され、英語力や読書力の向上につながるのである。そこで、最も手っ取り早い方法として、筆者の研究室をオフィスアワーに開放し、「ブックカフェ」を開設することにした。2015年4月のことである。第一の目的は、英語多読の継続、促進だが、そこから言語を問わず本を読む学生を育てることを視野に入れていることは言うまでもない。

3.1 ブックカフェのスペック（仕様）

　2015年というと、ちょうど「ブックカフェ」という言葉が巷を賑わせ始めた頃で、「蔦屋書店」に代表されるような「コーヒーを飲みながら本が読める書店」が各地に出現していた。研究室を開放する形なので「蔦屋書店」には遠く及ばないが、コーヒーの香りと静かな音楽に包まれながら、本を読んだり、本について語り合ったりする空間づくりを目指した。

　ブックカフェに用意した図書は、その多くが英語多読用図書で700冊余になる。このほか英語絵本が90冊ほど用意されている。初年度は個人研究費で図書

を購入したが、2年目からは英文科の事業として予算を組み、図書購入費用に当てた。ブックカフェを訪れる学生は、この図書をその場で読んでもいいし、借りていってもよい。

　開室時間は週1回90分、毎週水曜日の午後1時から2時半までである。現在は、オフィスアワーに加え、利用している学生の都合に合わせて、筆者が研究室にいる時間はいつでも利用できるようにしている。開設当初は、開けていても学生が1人も訪ねてこないという開店休業状態が続いたが、2年目から常連さんがつくようになった（まるで、本当のカフェのごとくである）。とはいっても、レギュラーメンバーは毎年10名程度だ。開設から4年目の今年に入り、やっと学生の間にブックカフェが認知され始めたらしく、「あそこに行くと何かいいことがあるらしい」と友人から聞き込み、ふらりと訪ねてくる学生も出てきた。授業前後に、「今度ブックカフェに参加したいのだが」といった相談も受けるようになった。

　ブックカフェのルールはただひとつ、毎週 Weekly Report を提出することだけである。Weekly Report は2.2.1で紹介したのとほぼ同じ様式で、10冊読むごとに振り返りを書く欄が設けてある。学生はブックカフェにやってきて、まず Weekly Report を提出し、教員のチェックを受ける。その際に、読んだ本について簡単なやり取りをする。教員は、9割以上理解して読んでいるかを確認したり、いつまでも同じようなレベルの本を読んでいれば、そろそろレベルを上げてはどうかと促したり、これまで読んだことがないような分野の本を紹介したりする。このやり取りから映画や音楽の話になったり、話題が社会問題に発展したり、モダニズムとは何かといった文学談義に及んだりすることもある。日本語の図書を紹介することも、もちろんある。

　学生に時間がない場合は、Weekly Report のチェック後、本を借りてすぐ帰っ

ても構わない。時間があればカフェで本を読んでいってもよい。ブックカフェの時間には、静かな BGM を流しお茶やコーヒーも用意している。幸い筆者の研究室は日当りがいいので、日差しの溢れる午後の昼下がり、数名の学生が静かに本を読んでいる光景は、見守る教員のほうが癒されるような豊穣さに満ちている。この時間が心地よくて毎週やってくる学生もいる（写真 1 ）。

　ブックカフェで、多読用図書以外に力を入れて集めているのが、英語絵本である。2.2.1で触れたように、ふだんあまり読書をしない学生に英語で本を読む楽しさを味わってもらうのに、英語絵本はちょうどよい足場かけとなる。近年、国内外の言語教育分野では絵本の教育効果に注目が集まっており、中でもポストモダン絵本と呼ばれる絵本については多くの先行研究を見出すことができる（Anstey, 2002; Lazar, 2015; スタイルズ, 2002; 山元, 2011, 2014）。ポストモダン絵本の特徴は、これまでの固定観念を裏切るようなプロットや人物設定のほか、「語り」に読者の意識を向けさせる工夫、テクストの多義性・多層性、メタファーの多用、間テクスト性、細部の過剰な描き込み、遊びの要素など多岐にわたるが、これを大学生に読ませる意義の一つは、山元（2011）が指摘するように、学習者がポストモダン絵本を通して、絵本以外の書籍の読みを深めることにあるだろう。ブックカフェでは、英語絵本を絵本としてそのまま楽しむ読み方とともに、文字だけのテクストを深く読むための最初のステップとして、絵本読書を奨励している。

　では、絵本がオーケーなら、漫画はどうか。海外における日本の漫画人気のおかげで、現在多くの漫画の英訳版を簡単に手に入れることができる。本は読まないが漫画は読むという学生も多いので、ブックカフェに置けば読みたがる学生はいるだろう。今年、学生の強いリクエストに応じ『ワンピース』と『ドラえもん』の英訳版を試験的に購入してみたところ、予想通り好評である。ブッ

写真 1：ブックカフェの様子

クカフェで読んで面白かったので、自分で英訳漫画を購入したという学生も現れた。このように、英訳漫画が英語を読む動機づけとして機能することは間違いないようだが、英語多読教材としての効果はまだ未知数である。ブックカフェでは、さらに『のだめカンタービレ』『ちはやふる』『僕のヒーローアカデミア』を購入予定なので、英訳漫画の教材としての可能性については、今後の調査課題としておきたい。

3.2 学生の目から見たブックカフェ

では、ブックカフェを利用する学生たちは、ブックカフェに何を期待し、そこで何を学んでいるのだろうか。毎週ブックカフェにやってくる常連の学生3名にインタビューを行い、ブックカフェに通うようになったきっかけや目的、ブックカフェで得られたこと、ブックカフェの改善点などについて聞いた。[1]

■Bさん（4年生）

Q ブックカフェに通うようになったきっかけは？

通い始めたのは2年生の4月からです。1年生のリーディングの授業で多読という学習法を知り、リーダー・マラソンに参加しました。[2] 1年生の終わりにリーダー・マラソンで上位入賞者として表彰されたので、多読を続けたいと思いました。元々本を読むのが好きで、海外文学を英語で読んでみたいと思っていました。最初はORTから始めて、もっと長い本を読めるかどうか自分を試してみたかったのです。

Q ブックカフェに通う目的、ブックカフェに期待することは？

多読の継続です。週に1回参加することで気持ちが引き締まると思ったのです。同学年で一緒に多読する仲間がいたので、彼らに置いていかれたくないと

いう気持ちもありました。それから、多読情報も目的の1つでした。ブックカフェに来ると先生からもアドバイスをもらえるし、英語だけではなく日本語の本についても色々と話せることを期待していました。

Q ブックカフェで得られたことは？

もっと本を読みたいという気持ちが高まりました。それまではミステリーばかり読んでいましたが、先生のアドバイスや友人との情報交換のおかげで、他のジャンルの本を読むようになりました。

ブックカフェは少人数なので、なんでも言いやすかったのもよかったです。大人数の教室だと、つい自分なんか何もしなくていいやと遠慮してしまいますが、ブックカフェだと、自分から手を挙げやすかったです。ブックカフェのメンバーだったことで、オープンキャンパスなどで英語多読の紹介や推薦図書紹介の英語プレゼンテーションをする機会を与えられて、そういうときに即座に「やります！」と言えました。これが成長につながったと思います。

Q 現在、累計語数は何語ですか。どんな本を読んでいますか。

150万語を超えました。YL4.0より上のレベルで、Macmillan Readers のレベル4や Oxford Bookworms のレベル5（YL 5.0）を読めるようになりました。主に文学作品（リトールド版）や伝記などを読んでいます。[3]

Q ブックカフェに通っていたことで何か就職活動に役立ちましたか。

学生時代に力を入れたこととして英語多読を紹介しました。継続する力をアピールできたと思います。

Q ブックカフェに通っていて一番良かったことは何ですか。

先ほども話しましたが、ブックカフェのメンバーとして、公の場で発表する機会がもらえたことで、人前で話すことに抵抗がなくなりました。

でも何よりも、気兼ねなく本の話をできるのが一番よかったです。他の場所

だと、どうしても友人の目を気にして本の話をするのを控えてしまうのですが、ブックカフェだとそれがありません。本の話を交換することで自分が普段あまり読まない本のことを知れたのもよかったです。

Q ブックカフェの改善点を教えてください。

　もっと本を読む学生が増えてほしい。本というのは、広い意味で漫画も含めてです。学生が親しみやすいジャンルの本を使ったイベントなどを仕掛けたりしてはどうでしょうか。

＊　　　　　＊　　　　　＊

　Bさんは、元々本好きだったところから英語多読を始めたタイプである。1年次のリーディングの授業で多読を始め、リーダー・マラソンで上位入賞。多読を続けたくてブックカフェに通い、4年次現在150万語を達成という、理想的な多読成功例と言えるだろう。しかし、Bさんの話からは、本好きの学生の居場所がないという新たな問題が浮かび上がった。本好きの学生が本の話を始めると、本を読む習慣のない友人たちが引いてしまうのだろう。だから本の話は封印する。本を読む学生が増えないのには、こうした要因もあることには、今後もっと注意を払う必要があるだろう。本を読まない学生に本を読ませるために始めたブックカフェであるが、実は本好きの学生が本についてわいわい自由に話せる空間がなく、ブックカフェがその役割を果たしていたことがわかった。

　そのほか、ブックカフェが多読継続へのインセンティブとして機能していること、教員による個別指導や読書仲間との情報交換がブックカフェの大きなメリットであること、さらに小さな空間であるからこそ、おとなしい学生が自己表現するきっかけづくりの場となり得ることが確認できた。

■Ｃさん（３年生）

Q ブックカフェに通うようになったきっかけは？

　２年生の授業（筆者担当のゼミ）で多読を始めたのですが、授業が終わってしまうと多読を継続できなくなる、Weekly Report を毎週提出しないと継続できないと思い、ブックカフェに通うことにしました。

Q ブックカフェに通う目的、ブックカフェに期待することは？

　多読の継続です。２年生で多読を始めて半年後の夏休み明けに30万語に達したのですが、そのときに、英語を英語のまま理解するという感覚がわかったんです。それで、もっと読めばもっと英語が理解できるようになると思って３年生になってからも継続したいと考えました。

　ひとりで多読をやっていると、行き詰まったときにどうしたらいいかわからなくなります。ブックカフェに通うことで、この行き詰まりを打開できると思います。アドバイスをもらうことで、次にどんな本を読んだらいいかがわかります。

Q ブックカフェで得られたことは？

　行き詰まったときの先生からのアドバイスが的確でした。週に１回、先生からアドバイスをもらうことで、自分が今どの辺に立っているのかを確認できるのがいいと思います。それから、同じ多読仲間との交流が広がりました。同じくらい読んでいるライバルと読んだ本の話をすると盛り上がるし、やる気が起きます。毎週、「今、何万語？」と聞かれると、いい意味でプレッシャーになります。

Q 現在、累計語数は何語ですか。どんな本を読んでいますか。

　80万語です。和訳をすることなく英語をスムーズに理解できるようになっています。読んだ本の内容を要約しろと言われれば、すぐにできると思います。

今は、スマートニュースというアプリを使ってニュースを英語で読んでいます。70万語くらいまで graded readers を読んでいたのですが、飽きてしまいました。ページがたくさん残っていると、ああ、あとこれだけ読まなきゃならないのかと思ってしまうのです。スマホのアプリだと、手軽ですぐ読めるから便利です。今は、日本のニュースを英語で読んでいるのですが、海外のニュースは理解するのに語彙が足りないと気づいたので、勉強する必要を感じています。

Q でも、TOEIC のスコアが思うように上がらないのですよね？

多読のおかげで速読の力がついたので、リーディングのパートは最後の問題まで解答できるようになりました。ただ、正解しているかどうか自信がありません。文法知識の不足で、穴埋め問題は苦手です。多読以外に、テスト対策の勉強をする必要を感じています。多読だけで英語がすべてできるようになるわけではないのだなあと思います。

Q 卒業論文のテーマに多読を選んだそうですね。それはどうしてですか。

一番関心がある教授法だからです。「多読総語数による多読への意欲向上と英語力の伸び」がテーマです。多読100万語を超えた学習者にインタビューして、100万語に至るまでのどの時点で効果を感じたのか、あるいは100万語ではまだ効果を感じないのか、そのあたりを調べたいと考えています。

自分自身は、80万語でまだ突き抜けた感じがしません。もしかしたら、多読だけでは突き抜けた感は得られず、文法の勉強やアウトプットの訓練も同時に行う必要があるかもしれないと感じています。

Q ブックカフェの改善点を教えてください。

開室時間をもっと増やしてほしいです。自分の場合、正規のブックカフェの時間が授業と重なってしまい、昼休みに10分ほど、ブックカフェに立ち寄って指導を受けています。でも、やはり90分時間がきちんと確保されると集中して

本が読めます。ひとりだとついスマホをいじったりしてしまいます。ブックカフェに来ればそれを防げると思います。

＊　　　　＊　　　　＊

　Cさんは、英語力向上のために英語多読を続けているタイプである。将来英語教員になることを目指しているため、英語学習法としての多読にも興味が広がっているようだ。Cさんの話からは、多読を通してできるようになったことと、まだ足りないことを客観的に把握している様子が伺われる。読む本もgraded readers からニュース記事へ、ニュース記事でも日本のニュースから海外のニュースへと、自分が何を読みたいのか考えながら読書を進めている。多読の効果としてメタ認知力が強化されることの好例と言えるだろう。毎週ブックカフェに通ったことで、そのような振り返りの習慣が促されたとも考えられる。一方で、80万語の読書量では英語力の伸びに限界があることも自覚している。この伸び悩みの原因が、まだ読書量が不十分だからなのか、他の要因があるのか探っていくことが、ブックカフェに通い続ける上でのCさんの目標になるだろう。

　Cさんにとっても、ブックカフェは、多読の継続、教員からの個別指導、読書仲間との情報交換の場として機能していることがわかった。また、ひとりで読書するよりも、カフェで読書したほうが集中できるとの指摘も重要だ。

■Dさん（2年生）

Q ブックカフェに通うようになったきっかけは？

　英語教員志望なのですが、このままではまずいという危機感がありました。英語多読は、1年生のリーディングで多少やりましたが、本気を出していませんでした。1年生の終わり頃、長期留学経験のある先輩たちに英検の勉強を見

てもらったときに、彼らにすごく刺激を受けました。もっと英語を勉強しなければと強く思いました。そのときに、英語多読のことを思い出し、本気でやってみようと思いました。

Q ブックカフェに通う目的は？

英語力の向上です。リーダー・マラソンでの優勝を狙っていて、多読を継続したくて通い始めました。レベルが少しずつ上がっていくのが楽しいです。それに、英語の本を読むこと自体が楽しくなったので、これからも通い続けようと思っています。

Q ブックカフェで得られたことは？

本が好きになりました。英語だけでなく、日本語の本も読むようになったんです。多読をやっていたら、物語をイメージするのが楽しくなりました。登場人物の顔を自分で想像できるのは、映画やドラマを見るのとは違う面白さがあると思いました。中学・高校時代は、活字を目で追うのが面倒くさかったのですが、多読では、最初は簡単な本から始めたので、活字からイメージを立ち上げやすくて、それから次第に長い文章を読めるようになりました。そうしたら、日本語の本も読めるようになりました。2年生の夏休み前（英語多読では10万語読んだくらいの時期）に、『乱反射』（貫井徳郎著）という本を書店のポップに惹かれて読んだら、すごく面白くて、そこから読書にハマり出しました。今は、村上春樹の『海辺のカフカ』を読んでいます。

日本語の本も読もうと思ったもうひとつのきっかけは、ブックカフェで先生から「英語ができるようになるには、まず母語ができないと」と言われたことです。それがすごく納得できたので、これは日本語の本も読まないといけないと思いました。[4]

Q 現在、累計語数は何語ですか。どんな本を読んでいますか。

今、50万語です。週に1〜3冊のペースで読んでいます。順調にレベルが上がってきて、Macmillan Readers のレベル4（YL3.4）や *Magic Tree House* シリーズ（YL2.4）を読んでいます。50万語を超えてから、長文の問題を見たときに「めんどくさい」「難しい」と思わなくなりました。

Q 「聞き読み」を始めましたが、調子はどうですか。

来年度の海外長期留学に応募していて、そのための英語面接を受けた後、リスニング力を上げたいと思いました。ブックカフェで相談したら「聞き読み」を勧められたので、CD を聞きながらの多読を始めました。音声を聞いていると、日本語に訳す暇がないので、訳しながら読む癖が直ってきました。読む速度も上がりました。そうなると、今度は CD なしでもわりと速く読めるようになったんです。特に、シリーズものだと登場人物や状況がわかっているので、2冊目からは速く読めます。

Q 文法の勉強もしているそうですね。

1年生の春休みに文法書と問題集で勉強しました。自主的にやりました。高校で教わったときよりずっと頭に入ってきました。文法事項の実例を、多読しているときに見つけることがあって、例えば、「現在完了進行形」ってこんなの本当に使うのかなと思っていたら、読んでいる本に出てきて、「ああ、こういうふうに使うんだ」とすんなり分かりました。

Q ブックカフェの改善点を教えてください。

う〜ん、特に思いつかないです。

＊　　　　　＊　　　　　＊

D さんは、英語力向上のために多読を始め、そこから読書全般の楽しさに目覚めたタイプである。まさに、こちらが投げたエサに食いついてくれたわけで

ある。1年次に児童書のORTから読書を始めて、1年半後に村上春樹の長編小説を読むようになったというのは、英語多読が母語での読書に影響を与える可能性を示唆していて注目に値する。このような事例が増えれば、ブックカフェでの多読指導が、広い意味での読書指導として機能することが明らかになるはずだ。

　また、Dさんの話から、ブックカフェが、ゆるやかな個別指導の場として機能していることもわかった。例えば、リスニング力を上げたいという相談に対し、教員が「聞き読み」を勧めたことが、日本語を介さず英語を速く読めるようになるという結果につながっている。あるいは、母語への意識と外国語学習の関連性についての何気ない会話が、日本語読書のきっかけを与えている。教室とは異なる、ブックカフェというリラックスした空間ならではの「学び」の形と言えるかもしれない。

　このほか、Dさんのインタビューからは、多読と文法学習を同時に行うことの効用や「聞き読み」の効果を知ることができた。また、Dさんは多読継続へのインセンティブとして、リーダー・マラソンでの優勝を挙げていた。リーダー・マラソンで上位入賞するには、本を読んだ後ネット上のクイズ（本の内容の理解度チェッククイズ）にパスする必要がある。クイズに正答することを目的とした読書は、2章で述べた「読書の効用」とは相容れないわけだが、Dさんの場合は、これが「もっと読みたい」というモチベーションにつながり、たくさん読むうちに読書そのものの楽しさを知ったわけだ。学生一人一人に個性があるように、本を読み始めるきっかけや目的もそれぞれである。本を読む学生を増やすには、「こういう読み方はダメ」といった先入観を捨て、どんな目的、方法でもいいから「とにかく読んでみよう」式の指導が必要だということではないだろうか。

以上、3名のインタビューを紹介した。彼らが共通して指摘していたのは、1、2年次に授業で多読を始め、それを継続したいという理由でブックカフェに通い始めた点だ。本章の冒頭で述べた通り、やはり授業が終わってしまうと、ひとりで多読を継続するのは難しい。すると、多読を続けたい学生への受け皿がどうしても必要となり、今のところ、ブックカフェがその機能を果たしているということだろう。ブックカフェに通い始めた学生たちは、目標こそ微妙に異なるが「本をたくさん読みたい」という意識は共有しており、それが本好きと本好き予備軍のゆるやかなコミュニティを創り始めている。もちろん、まだ10名ほどの小さな読書コミュニティではあるが、インタビューからは参加者の充実感が伝わってくる。「すそ野作戦その2」としては、まずまずの成果と言えるのではないか。

　一方、課題も浮かび上がった。本について自由に話せる本好きのための居場所がないこと、現在はブックカフェがその居場所の役割を果たしているが、教員のオフィスアワーだけでは学生の需要に対応しきれないことである。本を読まない学生に本に興味を持ってもらう上で、本について楽しそうに話している同世代の学生たちの姿ほどインパクトのある光景はないだろう。将来的には、学生が運営主体となるブックカフェを構想するべきかもしれない。そうすれば、Bさんが提案していたような「学生が親しみやすいジャンルの本を使ったイベント」も実現しやすくなる。

　学生が本を揃え、本を読み、本について語り合う。コーヒーも学生が淹れる。そんな「鶴見ブックカフェ」が、「すそ野作戦」の最終地点として見えてきた。

第4章　『グレート・ギャツビー』の教室

　本章では、ふだん本を読まない学生たちと教室で文学作品を読む試みを紹介する。前章までの「すそ野作戦」とは異なり、本格的な文学作品を読むことを目的とした英語英米文学科専門科目の実践報告である。扱うのはアメリカ小説を精読する半期科目で、英文科に所属する2年生から4年生までが履修できる。英語多読によって培われた読書習慣や読書欲が専門科目での文学作品の精読（あるいは味読）を可能にし、精読、味読したその作品が「忘れられない本」となり、「忘れられない本」との出会いにより読書が好きになり、あとは誰に言われなくとも自主的に本を読むようになるというような、理想的な「自律的読者」生成サイクルが出来上がればしめたものなのだが、そう簡単に事は進まない。[1] やはり、それなりの工夫が必要だ。使用した教材は、アメリカ小説の傑作、『グレート・ギャツビー』である。本書の「はじめに」で紹介したアンケートで、数名の学生が「読んでみたいアメリカ文学作品」に名前を挙げていた小説だ。以下に、シラバスに掲げた授業の到達目標を引用する。

到達目標

20世紀に書かれた最も重要な小説の一つとされるF・スコット・フィッツジェラルド（F. Scott Fitzgerald）の中編小説『グレート・ギャツビー』（*The Great Gatsby*）を精読し、アメリカ小説の特徴を理解する。小説を読む行為が、単にあらすじを追うだけに留まらず、作品が書かれた国の歴史や文化、作品が書かれた時代背景、作家が選んだ文体、英語表現、さらには、その作品が後世に与えた影響や日本との関わりなどまで含めて味わう行為であることを学ぶ。

図1：2018年度授業シラバス

4.1 『グレート・ギャツビー』

　『グレート・ギャツビー』（*The Great Gatsby*, 1925）（以下、『ギャツビー』）は、アメリカの作家F・スコット・フィッツジェラルド（F. Scott Fitzgerald, 1896-1940）による中編小説である。世界恐慌直前のバブル景気に沸く1920年代ニューヨークを舞台に、良家の令嬢デイジー・ブキャナン（Daisy Buchanan）と結婚するため、一文無しから這い上がった成金の若者ジェイ・ギャツビー(Jay Gatsby）の生き様が、語り手ニック・キャラウェイ（Nick Caraway）の視点から描かれる。1999年にモダン・ライブラリー編集部が発表した「英語で書かれた20世紀の小説ベスト100」において、堂々の2位にランクインしたことから、その小説としての人気と重要性をうかがい知ることができよう（ちなみに、1位はジェイムズ・ジョイスの『ユリシーズ』）。[2] 当然、大学の講義で使用されることも多い。100万件を越える世界中のシラバスをデータベースとする The Open Syllabus Project によると、90万点を越えるテキストのうち、シラバスに名前が挙がる書籍ランキングで、『ギャツビー』は全体の36位、アメリカ文学作品としてはヘンリー・デイヴィッド・ソローの『ウォルデン』（31位）に次ぐ第2位を獲得している。[3]

　日本での『ギャツビー』人気に火がついたきっかけは、なんといっても村上春樹（1949- ）であろう。『ギャツビー』を「僕にとってきわめて重要な意味を持つ作品である」と、自らの翻訳版あとがきで公言して憚らない村上が（p.333）、大ベストセラー小説『ノルウェイの森』の中で、主人公のワタナベくんに『ギャツビー』が「僕にとっては最高の小説」であり、「一ページとしてつまらないページはなかった」と言わせたことで（p.58）、『ノルウェイの森』を読んだ読者が『ギャツビー』を手に取るという現象が起こったことは想像に難くない。筆者自身、20年ほど前に授業で『ギャツビー』を扱った際には、そ

の小説の名を村上春樹によって知ったという学生が一定数いたのを覚えている。

　近年、大学における英語教育、文学教育の文脈で、『ギャツビー』が「使える」テキストであるという主張も盛んになされるようになってきた。例えば、教育的文体論の立場から文学教材を用いた英語教育の重要性を提唱する斎藤（2005）は、『ギャツビー』のテキストをその好例として挙げているし、関戸（2010）は『ギャツビー』の原著とリトールド版を併用した授業案を紹介している。阿部（2014）は、『ギャツビー』を用いて、ふわふわした「英会話力」とは一線を画す、英文を丁寧に読む力の養い方を紹介しているし、日本英文学会（関東支部）編による『教室の英文学』では、諏訪部（2017）が『ギャツビー』を、小説世界への入口として極めて有効に機能する小説だと述べている。筆者もささやかながら、『ギャツビー』を用いた授業の実践報告を書いたことがある。そこに掲載した授業シラバスを以下に引用してみよう（深谷, 2009）。

> Scott Fitzgerald の *The Great Gatsby* を一年かけてじっくり読んでいきます。この小説の名を、村上春樹の『ノルウェイの森』で知った人も多いと思いますが、単なるラブストーリーとして片付けることのできない、あらゆる知的体験の可能性を我々に示してくれるテキストです。儚い夢を追い続ける愚かな男の話だという人もいますし、単なる夢ではなく、アメリカン・ドリームを描いた作品だと主張する人もいます。ジェンダーの問題、白人中心の歴史観を巡る問題、移民や人種差別の問題、社会の階層化の問題といった視点から捉えることもできます。作品の背景となっている1920年代という時代も、現代のアメリカや日本を考える上で多くの材料を提供してくれます。マスコミの登場、都市の形成、現在のサラリーマンの原型となる中産階級の台頭、大量消費社会の定着といった時代の特徴が、作品の中に色濃く反映されています。更には、ジャズ、映画、車、アルコール、ファッションといった小道具から

この作品を語ることもできますし、文体の研究や村上春樹への影響というのも面白い切り口でしょう。とにかく、ただあらすじを追うだけでは終わらない、「一冊の本を読む」という行為が、それぞれの読み手独自の世界を発見することにつながるような丹念な読み方を実践してみましょう。

図2：2002年度授業シラバス

『ギャツビー』という小説が、いかに多様な読みの可能性を内包した作品であるか、またいかに現代につながる要素を多く持った作品であるかがわかるだろう。諏訪部の言葉を借りれば、「一部の学生だけが面白がるようなものではなく、大半の学生が面白いと思えるような、これなら読んでもいいと思えるような作品」として、『ギャツビー』が「使いやすい」テキストである所以である (p.225)。しかも、長すぎず短すぎない中編小説であること、全体が9章からなっているため、15回の半期授業で使用するのにちょうどよいことなども、授業での使い勝手の良さに貢献している。

4.2 本を読まない学生と読む『グレート・ギャツビー』

しかし、いかに面白いテキストであるとはいえ、ふだん全く本を読まない学生にとって、『ギャツビー』は決して簡単なテキストではない。上記のシラバスに書いたような小説の多様性に気づくには、読者の側の読書経験や背景知識が要求される。本を読み慣れない学生と『ギャツビー』を読むに際しては、初めてマラソンを走るランナーに伴走するように、教師が適切な足場かけ（scaffolding＝初学者が学びやすいように熟練者がはしごを用意すること）をして学生の読書を手助けする必要がある。2018年度に『ギャツビー』を読む授業を受講した学生18名のうち、授業前のアンケートで「ふだん日本語でどのく

らい本を読みますか」との問いに対し、ちょうど半数の9名が「全く読まない」と回答した。「月1冊」が3名、「月2、3冊」が3名、「月4、5冊」が2名、「漫画しか読まない」が1名だった。これではやはり足場かけが必要だろう。そこで、以下に、筆者が授業で用いたいくつかの足場かけを紹介したい。

4.2.1　足場かけ1：「わからない」から始める

　第1の足場かけは、最初はわからなくても大丈夫、いや、わからなくて当然なのだから、とにかく最後まで読んでみようと学生を励ますことである。なんだ、そんなことかと言われそうだが、これを言うのと言わないのとでは、学生の取り組みに大きな違いが出る。

　読書慣れしていない学生は、一読してわからないとそこで読むのを止めてしまう傾向がある。特に昨今、テレビ、映画、SNS等では、注意力散漫な受け手に向けて刺激的でわかりやすい映像が垂れ流されており、それに慣れた学生は「わからない」と思った瞬間、脳をパタッと閉じてしまうようだ。テキスト内容に読者の側から積極的にコミットする努力が必要とされるような読書をしたことがないのである。だからすぐ「わからない」と言う。

　例えば『ギャツビー』が「わかる」には、アメリカの歴史、アメリカン・ドリームの系譜、1920年代アメリカ社会の特徴、アメリカの階級や人種問題等を理解していることが望ましいだろうし、少なくとも、欲しくてたまらないものがどんなに努力しても手に入らない空しさや、それでも欲さずにはいられない人間の愚かしさを体験的に知っていることはテクストを読む上での助けとなるはずだ。しかし、これらの条件をすべてクリアできなければ『ギャツビー』は読めないと言ったら、恐らく受講生は誰ひとり『ギャツビー』を読もうとはしないだろう。そもそも、以下に紹介する受講生の初読の印象を読むとわかるよ

うに、読書慣れしていない学生たちがひっかかっているのは、もっと手前の段階なのである。

- すごく難しかった。読んでいて迷子になる。
- ミスター、ミセスを途中から読み間違えることがあった。
- 細かすぎて頭が付いていけなかった。
- 州の名前や地名が多く、とにかくカタカナが多い。
- 登場人物の男女が分からないところがあった。
- 辞書を読んでいるよう。
- 読んでも内容を覚えていない。
- とにかく長い本だと思った。
- 急に登場人物が出てきたり、説明の描写が多く細かく遠回しで、とても読みにくかった。気がつくと、文字を目で追っているだけになっていて、すぐ戻ったりと、ずっと繰り返して読んでいた。

　テキストの背景知識云々の前に、学生たちは、外国人の名前やカタカナの地名に頭が混乱し、複雑な活字情報から物語を立ち上げることができないようだ。このような段階で読むのを諦めてしまっては元も子もない。本授業の目的は、とにもかくにも『ギャツビー』を味読することなのだから、テキストを最後まで読んでもらわなければ始まらないのである。

　ゆえに、教師が言うべきことはただひとつ、最初は「わからなくてもよい」である。実は偉そうに教えている筆者自身、大学生の頃に『ギャツビー』を初めて読んだときには訳がわからなかったことをここで告白せねばなるまい（これを学生に話すと、彼らは心底ホッとした顔をする）。しかし幸運にも、そこ

で読むのを止めなかったから、今こうして『ギャツビー』の魅力を伝える側にいるのだ。最初は、名前に混乱させられてもよい。ウェスト・エッグやイースト・エッグといった地名の持つ意味がわからなくてもよい。[4] わからないところはそのままにしておき、とにかく最後まで通読し、「全然わからなかった。なんなんだ、これは？」から始める。授業中にクラス内の意見交換や教師の解説を通してテキストへの理解を深め、何度も再読することで「わかる」ようになればよいのである。

4.2.2　足場かけ２：翻訳を用いる

　教室では、『グレート・ギャツビー』の翻訳版をテキストとして使用し、部分的に原文の英語を精読する方法を取った。理由は簡単で、英語の原著を読ませようとすると「わからない」の度合いがさらに増し、読むのを諦めてしまう学生が続出する可能性が高いからだ（上記の学生コメントも、翻訳版を読んでの感想だ）。

　『ギャツビー』の原著の英語は、ある程度英語文学を読み慣れた者にとっても決して簡単ではない。会話の部分はさほどでもないが、地の文、つまりニックの語りの部分は、同格による言い換えや関係代名詞の多用、直訳ではピンと来ないような形容詞や比喩の使用など、一筋縄ではいかない文章が満載なのである。第１章から例を挙げよう。[5]

Only Gatsby, the man who gives his name to this book, was exempt from my reaction—Gatsby who represented everything for which I have an unaffected scorn. If personality is an unbroken series of successful gestures, then there was something gorgeous about him, some heightened sensitivity to the promises of life, as if he were related to one of those intricate machines that register earthquakes ten thousand miles away.（Fitzgerald, 1992, p.6）

この引用箇所は、なぜ語り手ニックが、軽蔑に値する奴だと思いながらギャツビーにとてつもなく惹かれ、彼について書き残そうとしているのかを語る、小説全体の「肝」に当たる部分である。しかし、英語が難解だ。1文目では、"Only Gatsby" と "the man … reaction" と、ダッシュの後の "Gatsby who … scorn" の3箇所が同格（あるいは言い換え）であることを、まず見抜かなければならない。"Gatsby who represented everything for which I have an unaffected scorn" という部分には関係代名詞が2つ含まれ、後者については for which の for の目的語が先行詞 everything であり、「私が揺るぎない軽蔑の念を抱くようなものすべてをギャッビーが体現している」のだと理解しなければならない。さらに続く2文目には、"successful gestures"（成功する仕草？）や "Some heightened sensitivity to the promises of life"（人生の約束に対する高められた繊細さ??）など、何が言いたいのか一読しただけではピンと来ない表現が出てくる。2文目後半に出てくる as if 以下の地震計の比喩は "some heightened sensitivity" の詳しい説明となっており、「遠くで起こった地震を感知する地震計にでも繋がっているかのような、人生が約束してくれること（＝未来への希望）に対する高度な感受性」と解釈できる。この「高度な感受性」（"some heightened sensitivity"）がさらに、"something gorgeous about him" と同格になっているので、ギャツビーは、人生が与えてくれる希望に対して極めて感度の高い人物である（とニックは見ている）ことがわかる。以上をまとめると、上記の引用箇所は、以下のように訳すことができるだろう。

ギャツビー、つまりこの本にその名を冠している男だけが、私の（拒絶）反応を免れていた。私が揺るぎない軽蔑の念を持つようなすべてを体現していたギャツビーだけが。もし人柄というのが、うまく表現された身ぶりの連続体だとするなら、彼にはどこかゴージャスなところがあった。人生が約束してくれるものに対する高度な感受性というか、まるで1万マイルも離れたところで発生した地震を感知する精緻な機械の一つにでも繋がれているかのような感受性を、彼は持ち合わせていたのである。

　日本語で読んでも、何度か読み返し、言葉の意味を確認しながら進まなければ理解できないことがわかるだろう。さらっと読んでわからないと読むのを止めてしまうタイプの読書初心者に、これを英語で読め、というのはさすがにハードルが高すぎる。そこで、学生にはまず翻訳を使って小説の概要を理解させ、ここはぜひ英語で読んでほしいという箇所のみをじっくり英語で訳読する方式を取ることにしたのである。

4.2.3　足場かけ3：各章につき1箇所はじっくり訳読する

　一方、翻訳だけで読むデメリットは、原文の英語表現に触れることができない点だ。翻訳の日本語だけに頼って小説を理解すると、あらぬ誤解をすることがある。例えば、ある学生は第1章の第4段落最後のほうの "Gatsby turned out all right at the end" について（p.6）、村上版の翻訳の日本語「彼が人としてまっすぐであった」という表現から、ニックはギャツビーを「誠実な人」だと考えていると解釈してしまった（p.12）。しかし、原文は "all right"、つまり「大丈夫、それでよい」という意味である。「ギャツビーはあれでよかったのだ」というのが本来の意味のはずだが、村上の解釈が反映された翻訳のみを見てい

たため、なぜ村上がこのように訳したのかについて深く考えることなく、ニックがギャツビーを「誠実な人間だ」と評価したように誤解したのである。こうした誤読の可能性に注意を向けさせるため、1章につき1、2箇所、ここぞという箇所を原著から選び、事前課題として受講者に訳させた後、筆者が予備校の授業のように構文読解を行うことにした。いくつか紙上で再現してみよう。

Chapter 1

本文 （作品冒頭の書き出し）

In my younger and more vulnerable years my father gave me some advice that I've been turning over in my mind ever since.

  "Whenever you feel like criticizing any one," he told me, "just remember that all the people in this world haven't had the advantages that you've had."

文法のポイント

◇ **my younger and more vulnerable years**
　　「今よりもっと若くてもっと傷つきやすかった頃」
比較級のポイントは何かと何かを比較しているということ。この場合、今（＝ニックがこの文章を書いている時点）と昔を比較しており、昔のほうが若くて傷つきやすかった、と述べている。ということは、この文章を書いている語り手ニックは「もう若くない」こと、「もう傷つきやすくはない」こと＝人生の辛酸を舐めて傷に対する免疫ができた（少なくとも、ニックはそう思っている）ことがわかる。
小説の冒頭のたった1行で、読者はニックのセンチメンタルな語りに惹き込まれる。読者がニックと同世代かそれより上の世代である場合、この1行だけで郷愁に誘われる可能性すらある。見事な書き出しと言われる所以だろう。

◇ **some advice that I've been turning over in my mind**
　「私が心の中で反芻し続けているある忠告」
<u>advice</u>：単複同形の名詞。冠詞の an や複数形の s は付けない。
<u>I've been turning over</u>：現在完了進行形〈have been ～ ing〉が使われている。
過去のある時点からずっと繰り返し～し続けているという継続、反復の意味を表
す。ここでは、ニックが父親から与えられた忠告を、何度も心の中で思い返して
いたことがわかる。ここで現在完了進行形が使われていることは極めて重要であ
る。なぜなら、これによって、ニックが父親をどう思っているかが推測できるか
らだ。父親からのアドバイスを何度も思い出し大切にしていることから、おそら
くニックは父親を尊敬しているのだろうと考えられる。

◇ **Whenever you feel like criticizing any one**
　「誰かを批判したくなったときはいつでも」
<u>whenever</u>：接続詞。～ときはいつでも。
<u>feel like ～ ing</u>：～したい気分だ。

◇ **all the people in this world haven't had the advantages that you've had.**
　「この世界のすべての人々が、おまえが得てきたのと同じアドバンテージ（特権）
　を得てきているわけではない」
<u>all ～ not</u>：部分否定。すべて～なわけではない。
<u>haven't had, you've had</u>：現在完了形〈have ＋過去分詞〉。過去のある時点から
現在まで行為が継続、頻発していることを示す。ここでは、ニックがアドバンテー
ジ（特典）を受けることが何度もあったこと、これに対し、世間にはそのアドバ
ンテージを受けられないでいる人がいることがわかる。

本文 （ニックがトムに誘われ、ニューヨークのアパートでマートルのパーティ
に参加する。）

Mrs. Wilson had changed her costume some time before and was now
attired in an elaborate afternoon dress of cream colored chiffon, which
gave out a continual rustle as she swept about the room. With the influence
of the dress her personality had also undergone a change. The intense
vitality that had been so remarkable in the garage was converted into
impressive hauteur.

文法のポイント

◇**Mrs. Wilson had changed her costume some time before**
　「ミセス・ウィルソンは、しばらく前に衣装替えをしていた。」

Mrs. Wilson：ミセス・ウィルソン、あるいはウィルソン夫人、ウィルソンの女
房など訳し方はいろいろ考えられるが、どれを選ぶかによって読者の印象が変わ
る可能性に注目させたい。日本語に翻訳する場合に注意すべき点だ。

had changed her costume：過去完了形〈had ＋過去分詞〉が使われていること
に注意。ここが単なる過去形である場合と過去完了である場合とでは、ニュアンス
が大きく変わる。過去形なら、単なる過去の事実を述べたに過ぎないが、過去完了
が使われることで、語り手のニックがふと気づくと、いつのまにかマートル（ミセ
ス・ウィルソン）が衣装を着替えていた、つまり、ニックの注意がマートルの衣装
に向けられていなかった時間があったことが、過去完了形の使用によってわかる。
過去完了が使われることで、「ふと気づくと」というニュアンスが加わるのである。

◇**elaborate afternoon dress of cream colored chiffon**
　「凝ったデザインのクリーム色のシフォンのアフタヌーンドレス」

マートルが着替えたドレスの色、デザイン、素材が重要。この日、ニックが初めて
ガレージで会ったマートルは、クレープデシン（縮緬）素材の紺色の服を着ており、
トムとニューヨークに出かけるときは、茶色のモスリン（薄い綿）に着替え、3枚
目がクリーム色のシフォンのドレスである。次第に色が洗練され（＝ 1章で白を着

ていたデイジーに近くなり)、素材やデザインに高級感が出ていることがわかる。さらに、このシフォンのドレスを褒められると、マートルが「こんな古くさい服は自分がどう見えるかを気にしないときに着るのだ」と答えるあたりに、自ら「デイジー」になったような錯覚に陥っているマートルの愚かしさと悲哀が見て取れる。

◇ **, which gave out a continual rustle as she swept about the room.**
　「そのドレスは、彼女が部屋をさっそうと動き回るたびに、
　絶えず衣擦れの音をさせていた。」

, which：関係代名詞の非制限用法。先行詞は上記の elaborate afternoon dress of cream colored chiffon である。非制限用法なので、カンマでいったん意味を区切り、「そのドレスが…」と which に先行詞の dress をあてはめて意味を取る。動詞として moved ではなく swept が使われることで、マートルがドレスをさらさらと揺らしながらさっそうと動き回る様子が浮かび上がる。

◇ **her personality had also undergone a change**
　「彼女の人格も、いつのまにか変化を遂げていた。」

1文目と同じく、過去完了形が使われていることで、「いつのまにか〜していた」という時間の幅が表現される。

◇ **The intense vitality that had been so remarkable in the garage was converted into impressive hauteur.**
　「ガレージでもかなり顕著だった強烈なヴァイタリティは、
　いまや見事な傲慢さに変換されていた。」

この文の主語は The intense vitality that had been so remarkable in the garage。関係代名詞 that から garage までが intense vitality を修飾する関係代名詞節。過去完了形 had been so remarkable は、この主節に続く動詞 was converted into の過去形との対比で、ガレージの場面が、今目の前で繰り広げられている場面より時間的に前の出来事であることを示す。ガレージでは intense vitality だったものが、トムのアパートでは impressive hauteur に変換された、ということ。

　この抜粋箇所全体で過去完了形が多用されるため、ガレージでウィルソンの妻として生活するマートルから、ニューヨークのアパートでトムの愛人として振る舞うマートルへの、別人のような変貌ぶりが強調される。

Chapter 6

本文 （ギャツビー邸でのパーティからブキャナン夫妻が帰った後、ニックと
ギャツビーが言葉を交わす。作品中、最も重要な場面のひとつ。）

"I wouldn't ask too much of her," I ventured. "You can't repeat the past."
"Can't repeat the past?" he cried incredulously. "Why of course you can!"

He looked around him wildly, as if the past were lurking here in the
shadow of his house, just out of reach of his hand.

文法のポイント

◇ I wouldn't ask too much of her.
「僕だったら、彼女にあまり多くは要求しないな。」

仮定法過去の would が使われている。この例のように、仮定法が会話で使用され
る場合、if 節を伴わず、仮定の意味が文中のどこかに隠されていることが多い。
ここでは、I に仮定の意味が隠されており、「僕だったら～だろう」という意味になる。
ここで仮定法が使われる意味は極めて大きい。なぜなら、初めてニックが傍観者
の域を思い切って出て（I ventured）、ギャツビーに忠告しているからだ。とはい
え「僕だったら」という仮定法を用いていることから、ニックが「思い切った」
と言っても、かなり遠慮がちに遠回しにギャツビーをたしなめようとしているこ
とがわかる。

ask A of B：A（もの）を B（人）に要求する

◇ I ventured
「思い切って言った。」

venture：動詞。思い切って行動に出る。adventure の頭音消失異形。

◇ "Can't repeat the past?"
「過去を繰り返せないって？」

主語の you が省略されている。『ギャツビー』という小説中で最も有名なギャツビー
の台詞。「過去は繰り返せる」というナイーヴな信条がギャツビーのすべてを象徴
している。

◇ as if the past were lurking in the shadow of his house

「まるで過去が彼の家の陰にでも潜んでいるかのように」

as if ～仮定法過去：まるで～であるかのように。動詞が were になっているのは仮定法過去が使われているため。

◇ just out of reach of his hand

「ちょうど彼の手の届かないところに」

out of reach：手が届かない。reach は「手が届く範囲」という意味の名詞。この表現は、例えば、1章の最後でニックが初めて目撃するギャツビーが、デイジーの桟橋の緑の灯火に両手を伸ばす場面（he stretched his arms toward the dark water in a curious way）や、9章の最後のニックの語り（tomorrow we will run faster, stretch out our arms farther）などとも呼応する表現。『ギャツビー』には「何かをつかみ取ろうと思い切り手を伸ばす（が届かない）」というイメージが頻出する。この場面もその一つ。

授業で学生に説明するときの様子を可能なかぎり再現しようと試みたが、わかりにくいところがあればご容赦願いたい。上記のような構文読解の目的は、英語の原文を正確に理解することだけにはとどまらない。作者が選び抜いたひとつひとつの英語表現が作品全体とつながっていること、形容詞の比較級や動詞の時制など、どれひとつを取っても揺るがせにはできないこと、しかし、その英語は、我々が中高で習った基本的な英文法に則って使われていることを実感してもらうのが何より肝要だろう。こうしたことが腑に落ちて、学生たちが「英語で読まなきゃもったいない」と思ってくれればしめたものだ。実際、この授業を受講後、4年生の卒業研究ゼミにおいて『ギャツビー』の原著を読み、卒業論文を書く学生がぽつぽつではあるが出て来ているのは、嬉しい成果である。

4.2.4　足場かけ4：8コマ漫画を使う

　この授業では、各章ごとに担当者を決め、章の要旨と印象に残った箇所の紹介、そして、小説全体から見たその章の重要性について発表してもらうことにしている。昨年度までは、箇条書きや文章で要旨を発表してもらっていたが、担当者が用意してきた要旨を読み上げるだけでは他の学生に伝わりにくいのが難点だった。そこで今年度から導入したのが、8コマ漫画である。[6] A3用紙を4つ折りにして8つのコマを作り、これを使って各章を説明してもらう。あらすじを8コマで説明してもよいし、章のポイントを8つ指摘してもよい。絵を描いてもよいし、文字や記号だけでもよい。これを教材提示装置でクラス全体に見せながら各章の内容を説明してもらったところ、発表者にとってまとめやすいだけでなく、発表を聞く側にとっても内容が明解になる利点があることがわかった。

　以下に、各章について作成された8コマ漫画を紹介する（キャプションは、学生の発言を元に筆者が作成、コマは左上から右下に向かって進む）。予想以上の力作揃いで、学生たちが各章の要点を的確につかみ、それを絵、図、吹き出し等を使ってわかりやすく提示していることがわかる（実際、筆者は鳥肌が立つほどの感銘を受けた）。画像、動画に日々接しているビジュアル世代の学生ならではの、テキスト解釈の形と言えるだろう。[7]

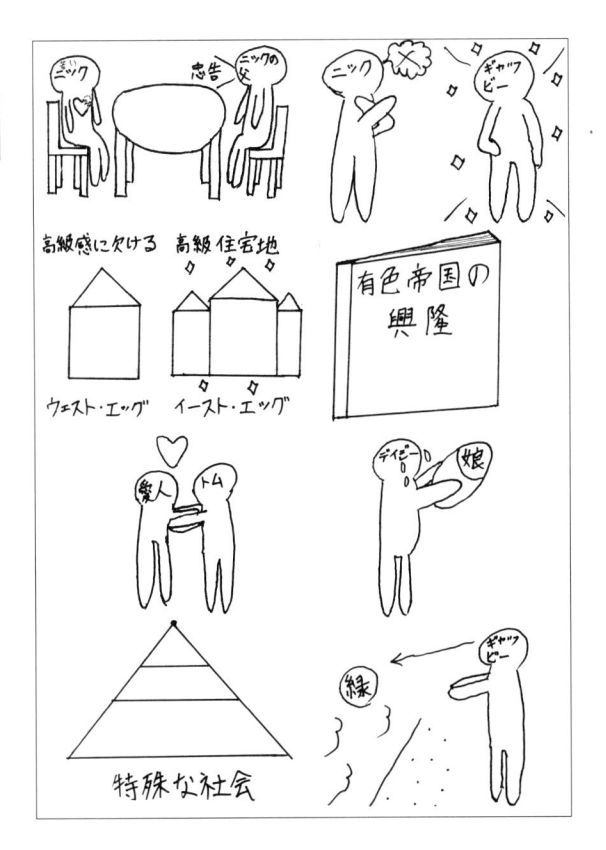

①ニックは父親から大事な忠告を託される。

②ニックはギャツビーを軽蔑しながら、惹きつけられる。

③イースト・エッグとウェスト・エッグの対比。

④トムが語る『有色帝国の興隆』。

⑤トムには愛人がいることが判明。

⑥デイジーが娘を出産したときの台詞、「女の子はきれいでバカなのがいい。」

⑦『ギャツビー』に描かれる階級社会。

⑧デイジーの桟橋で点滅する緑の灯火に、震える両手を伸ばすギャツビー。

①エックルバーグ博士の看板。

②トムとニックがウィルソンのガレージを訪れる。

③愛人マートル登場。水玉の青いドレスを着たマートルが2階から下りてくる。

④列車でニューヨークへ。茶色のモスリンに着替えたマートルは別の車両。

⑤マートルがトムにねだり、10ドルで犬を買ってもらう。

⑥クリーム色のシフォンのドレスに着替えたマートルが、ウィルソンとの結婚
　を語る。ここにも階級意識が見え隠れする。

⑦ウィルソンの結婚式の衣装は借り物だった。

⑧デイジーの名を連呼するマートルをトムが殴る。

①ギャツビー邸でのパーティ。

②ニックだけが馬鹿丁寧な招待状をもらっている。

③パーティで、客たちはギャツビーの正体を推理する。「人を殺した？」「ドイツのスパイ？」

④ギャツビー邸の図書室で、ふくろう眼鏡の男と出会う。「全部、本物だ！」

⑤ニックが初めてギャツビーと対面する。「私がギャツビーです。」「何だって!?」

⑥ジョーダンがギャツビーに呼び出される。「話したいことがあります。」「私と？何だろう？」

⑦パーティ帰りの客の車が溝にはまる。中から出て来たのはふくろう眼鏡の男。

⑧ニックがジョーダンの不注意な運転を注意する。「ひどい運転。」「みんながよけてくれる。」

①時刻表の裏にニックが書き留めたギャツビー邸を訪れた客のリスト。

②ニックを迎えにくるギャツビー。落ち着きなく身体を動かしている。

③ドライブ中のニックとギャツビーの会話。嘘が見え見えだが、戦争話はやけにリアル。

④ニックがウルフシャイムを紹介される。ワールドシリーズで八百長を仕組んだ人物。

⑤トムと偶然出会うが、いつのまにかギャツビーは姿を消している。

⑥ジョーダンが、デイジーとギャツビーの出会いを語る。(ジョーダン視点になる。)

⑦ギャツビーとデイジーの恋。

⑧いつかデイジーがふらりと訪れてくれることを期待し、ブキャナン邸の向かい側に
　ギャツビーは家を構える。

①家中の明かりを点けて屋敷を点検中。ギャツビー邸がコニー・アイランドの
　ように見える。

②ニックの家でデイジーが来るのを待つギャツビー。

③ギャツビーとデイジー、5年ぶりの再会。

④緊張するギャツビーをニックが励ます。

⑤デイジーをギャツビー邸に案内する。

⑥美しいシャツの山をデイジーに見せる。デイジーが涙する。

⑦ギャツビー邸に飾られたダン・コーディの写真。

⑧ギャツビーとデイジーを残し、ギャツビー邸を後にするニック。外は雨。

①新聞記者がギャツビー邸に探りを入れに来る。

②ギャツビー17歳。ジェームズ・ギャッツからジェイ・ギャツビーへ。

③ダン・コーディとの航海から多くを学ぶ。エラ・ケイが遺産を独り占め。

④トムが初めてギャツビー邸に立ち寄る。微妙な空気が読めないギャツビー。

⑤デイジーがトムと一緒に初めてギャツビーのパーティに来るが、楽しめない。

⑥トム「ギャツビーは何者？酒の密売の大物？」ニック「ギャツビーは違う。」デイジー「私が教えてあげる。」

⑦ギャツビーの理想はデイジーがトムに「あなたを愛したことは一度もない」と言わせること。ニック「過去を再現することはできない。」

⑧5年前の回想。ギャツビーはデイジーに夢を託す。ニックはその話を聞いて何かを思い出そうとするが思い出せない。

グレート・ギャツビー
第7章

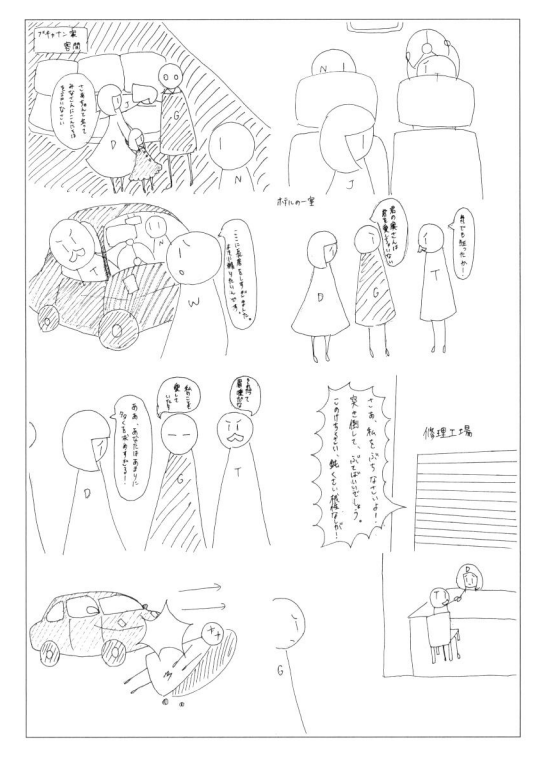

①ブキャナン邸でのランチ。デイジーがギャツビーに娘を紹介する。

②トム、ニック、ジョーダンがギャツビーの黄色い車でNYに移動する。

③ウィルソンのガレージに寄ると、彼はここを離れたいと言う。

④プラザホテルの一室。ギャツビー「君の奥さんは君を愛しちゃいない。」
　トム「気でも狂ったか…」

⑤デイジー「ああ、あなたはあまりに多くを求めすぎる！」

⑥閉じ込められたマートル「さあ、私をぶちなさいよ！突き倒してぶてばいい
　でしょう。このけちくさい鈍くさい根性なしが！」

⑦マートルが黄色い車にひき殺される。

⑧事故後、自宅のキッチンで「不幸そうには見えない」トムとデイジー。何も
　知らずに外で寝ずの番をするギャツビー。

グレート・ギャツビー

第8章

①煙草を吸いながらニックがギャツビーに警告を与える。「逃げたほうがいい。」

②ギャツビーの回想。良家の娘デイジーに魅入られる。

③ギャツビー個人の野心より、デイジーを手に入れたい気持ちが大きくなる。

④軍から支給された最後の給与を使ってルイヴィルへ。しかしデイジーはトムと新婚旅行中。

⑤ニックがギャツビーを励ます。「誰も彼もかすみたいなやつらだ。」

⑥会社にいてもギャツビーのことが気になり、何度も電話するが出ない。

⑦ウィルソンは、エックルバーグ博士の目の看板を指差し、「神の目は欺けない。」

⑧プールで撃たれたギャツビーの死体と、自殺したジョージ・ウィルソンの死体。そばには拳銃が落ちていた。

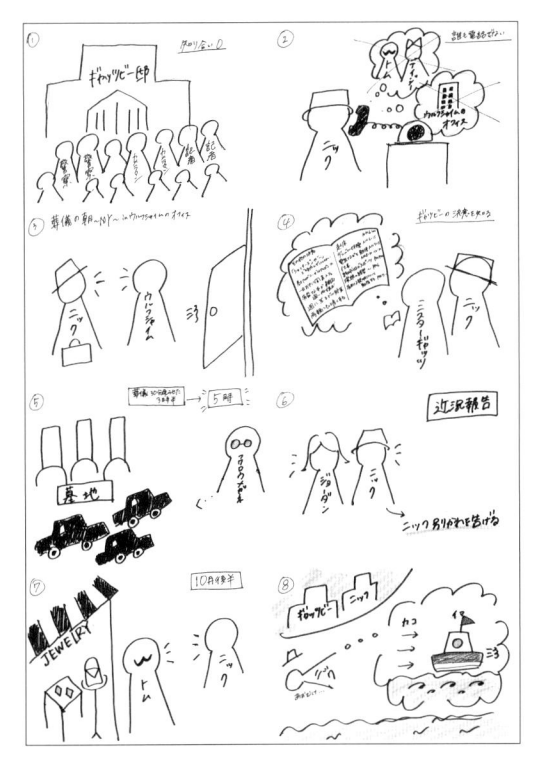

①ギャツビー邸に警察や記者が集まる。知り合いは誰も来ない。

②ニックはギャツビーの死を知らせようとトム、デイジー、ウルフシャイムに連絡を取るが、誰も電話に出ない。

③葬儀の朝、ニックはウルフシャイムのオフィスを訪ねる。

④ギャツビーの父親から若きギャツビーの愛読書を見せられ、その見返しに「スケジュール」と「決意」がメモされているのを知る。

⑤葬儀を30分遅らせるが、現れたのはふくろう眼鏡の男だけだった。

⑥ニックはジョーダンに近況報告し、別れを告げる。

⑦10月後半、NYでニックはトムとばったり出会う。「彼らは不注意な人間だ。」

⑧空になったギャツビー邸のビーチに仰向けになり、ニックはギャツビーの夢に思いを馳せる。「流れに逆らい船は漕ぎ進む、果てしなく過去へと押し流されながらも。」

4.3 本を読まない学生は『グレート・ギャツビー』をどう読んだか

4.3.1 授業後アンケートの結果

　2018年度の授業において、ふだん本を読まない学生たちは『グレート・ギャツビー』をどう読んだのか、教師の目論見どおり、『ギャツビー』を読むことで文学作品や読書への関心が高まったのか、授業後アンケートから分析を試みたい。13問の質問項目に対しリカート式5段階評価で回答してもらった。また、問4、6〜9、13については理由も記述式で書いてもらった。結果（数値のみ）は、表1を参照されたい。

　まず、授業全般に対する受講者の反応については、問1「授業に積極的に参加できた」が3.89、問2「授業は有意義だった」が4.22、問13「友人や後輩にこの授業を勧める」が3.88だったことから、受講者は授業内容におおむね満足したと考えてよいだろう。問13で「勧める」と回答した理由については、「面白く、謎の多い作品であることを伝えたいから」「本の内容だけでなくその背景や社会についても学べるから」など、『ギャツビー』という小説やその背景への興味が喚起されたことを示す回答があった。さらに、「本を普段読まない人も挑戦しやすいと思う」「本を読む習慣が身につく」「本を読むのが普通だから苦にならなくなる」など、この授業が読書のきっかけになる、あるいはこの授業を通して読書習慣が身についたことを示す回答には注目したい。一方で、「友人・後輩に勧めない」と回答した理由として、「内容が難しい」「読んだ後でも理解できない」とテキストの難解さが指摘された。勧める理由の中にも、「小説を読むのが苦手な人にはあまりお勧めできないけど」「文学に興味があるのであれば」「本を読むのが好きなら」といった条件つきの回答が見られ、この授業を受講する前に、本や小説を読むことに慣れている必要があると感じたことが読みとれた。

表1：「*The Great Gatsby* を読む」授業後アンケート　　*n*=18

	質問項目	平均
1	授業に積極的に参加できた。	3.89
2	授業は有意義だった。	4.22
3	授業に参加して、*The Great Gatsby* の理解が深まった。	4.33
4	*The Great Gatsby* という作品が好きだ。	3.50
5	Fitzgerald の他の作品を読んでみたい。	3.28
6	クラスメートの授業中の発言は、テキスト理解に役立った。	4.17
7	教師による解説は、テキスト理解に役立った。	4.56
8	和訳の宿題は、テキスト理解に役立った。	3.78
9	8コマ漫画の作成は、テキスト理解に役立った。	4.22
10	もっと文学作品を読みたい。	3.72
11	もっと本を読みたい。	3.83
12	本を読むのは苦手だ。	3.56
13	友人や後輩にこの授業を勧める。	3.88

　次に、授業内での指導や課題が『ギャツビー』理解にどの程度寄与したかを聞いた問6〜9の結果を見てみたい。回答はすべて3.70以上の値なので、受講者がどの指導・課題も役立ったと感じていると考えられる。最も値が高かったのは問7「教師による解説」の4.56で、「歴史的、社会的背景を知れたので、より理解が深まった」「自分が全く注目していなかったところ（トムの読んでいた本、ギャツビーの行動）にも深い意味があることに気づけた」など、やはり学生がひとりで読んだだけではわからない背景知識などについては、教師による解説が必要であるようだ。

　問8の「和訳」が唯一数値としては4.00を下回っているが、理由を見ると肯

定的評価が多い。「既に訳されたものを読むより、自分で和訳するほうが頭に入りやすかった」「和訳することでもっと理解できた、物語も頭に入ってきた」など、自ら訳出作業をすることの効果を指摘する回答のほか、「日本語訳だけでは分かりにくい部分も、英語で確認することでより理解することができた」「翻訳を読んだだけでは伝わらない Fitzgerald の選んだ言葉の意味を読みとることができた」「すでに日本語に訳されたものを読んでいるのと英語の原文を読むのでは、少しニュアンスが違ったり日本語で読んで解釈したものと違うことがあったので、著者の意図により近い解釈で読むことができたと思う」など、英語の原文に触れる意義を再認識した回答もあった。これは4.2.3に書いた教師の狙いと一致する結果と言えよう。このほか、訳出箇所が各章の重要ポイントなので、「和訳することによってより深く印象に残った」との回答もあった。一方当然のことながら、「日本語の文だけでも理解しきれないのに、英文も入ると全然わからなかった」と、テキストの難解さを訴える回答もあった。

　問9「8コマ漫画」は4.22と高評価だった。「文章だけでは理解するのに時間がかかるが、8コマ漫画の絵を見ることによりすんなりと頭に入り、理解しやすかった」「流れがつかみやすい」「視覚的に理解できた」「大事な場面がすぐ分かる」など見る側の利点に加え、「自分でポイントを探すのでより深く読むようになった」「章の中から重要なポイントを抜き出す練習になった」など作成する側の利点も指摘された。「(他の受講者が)自分が重要だと思っていなかったところを挙げていたりして、くまなく作品を読むことができた」と、8コマ漫画を全員で共有することの重要性を指摘する声もあった。問6〜9で挙げたどの活動に一番興味が持てたかと問うたところ、「教師解説」とともに「8コマ漫画」が最も支持されたことからも、この活動の有効性が推測できよう。

　では最後に、『ギャツビー』を読む授業を通して、『ギャツビー』という小説、

作者フィッツジェラルド、さらには文学や読書への関心は高まったのかを確認したい。問3「*The Great Gatsby* への理解は深まった」は4.33と高い値だが、問4「*The Great Gatsby* が好きだ」は3.50、問5「Fitzgerald の他の作品を読んでみたい」は3.28と低めの値に留まった。問4への肯定的回答の理由には、「主人公ギャツビーの人生が色々あって大変だったことが伝わってきたし、ギャツビーの気持ちになったら面白く作品を読めた」「ギャツビーがデイジーに振り向いてほしいがために努力をしていたところ（が好きだ）」と、ギャツビーに感情移入して読んだことがわかる回答がある一方、否定的回答からは、「結局なんだかよくわからない」「理解しようとしてもあいまいでわからない」「情報の多さに読みにくいと感じた」と、まだこの小説を消化しきれていない様子が読み取れた。『ギャツビー』という作品に対する理解はかなり深まったものの、難解だったこともあり、これをきっかけにフィッツジェラルドの他の作品を読んでみようというところまでは至らなかったというところではないか。

　問10「もっと文学作品を読みたい」は3.72、問11「もっと本を読みたい」は3.83と比較的高めの値なので、この授業がきっかけとなり今後読書や文学への関心が高まる可能性が示唆されているが、その一方、問12「本を読むのは苦手だ」が3.56と高めの値であることから、もっと読みたいという意欲は喚起されたものの、読書への苦手意識を解消することにはつながらなかったようだ。むしろ難解なテキストを読んだことで「読書は難しい」という意識が強まった可能性も否定できない。教師としては読書意欲が喚起された可能性のほうに期待したいところだが、今回の調査から読みとれるのはここまでである。

　以上、授業後アンケートの結果を詳述してきたが、ここからわかることは、「『理由は聞かずにとにかく読書しろ』と強制的、制度的に読書に導くこと、これしかない」という鹿島（2010, p.63）の言明の正しさであろう。本授業の受

講者は、「わからなくていいから読んでみよう」というところから始め、初読の際には、「カタカナが多い」「読んでも内容を覚えていない」とぼやいているような状況だった。しかし、授業という強制力のある制度を利用し、様々な足場かけを施し指導した結果、受講者たちは『ギャツビー』を曲がりなりにも味読し、授業後には18名中11名（62％）が「もっと文学作品を読みたい」、13名（73％）が「もっと本を読みたい」と回答するに至った。アンケートの最後で、来年度この授業を受ける学生へのアドバイスを求めたところ、以下のような回答が見られた。

- 初めて『グレート・ギャツビー』を読む場合、じっくりと読もうと思わずに、一度あっさりと読んで全体を把握した方が物語理解しやすい。
- いろいろな作品を読んで学んだ方がいいです。作者ごとに全然違う考えがある。
- 作品を読んでも分からないときは、あきらめないで最後まで読む。
- 分からなくても何度も読むことと、気になることがあったら調べてみること。
- 一度読んでしまえば好きになるので一歩踏み出しましょう。

やはり「とにかく読んでみろ」と指導してみる価値はあるのではないか。

4.3.2　学期末レポートより

　最後に、受講者が提出した学期末レポートから、「強制的、制度的」な読書指導の成果が垣間見える記述を抜粋して以下に引用する。つたない文章ながらも、受講者たちが自分なりに『ギャツビー』という小説を消化し、考察を行ったことがうかがわれる。[8]

■受講者Eさん

（第8章の最後、プールでギャツビーの死体が発見される場面について）

ここの場面はあのギャツビーが殺された場面で、私自身みんなの意見がなかったらギャツビーが死んだ事に気づかないくらい少ししか描かれていなかった。推理小説ではないのに主人公のギャツビーの殺された瞬間をほとんど描くことがないことはめずらしいと感じた。作者が主人公のギャツビーの死の瞬間をほとんど描かなかったのは、もしかしたら、ギャツビーを孤独に演出したかったからなのかなと感じた。この後の展開でギャツビーのお葬式にはほとんど人が来ない状態になるので、これにつながっていると思った。こんなさみしい死に方をする主人公のギャツビーを私はすこし可哀想にも思った。こんなにアメリカンドリームとデイジーのことを必死に追いかけたのに、どちらも手が届かなかった。作者は、だれもが必死に頑張ってもみんながみんなアメリカンドリームに手が届くとは限らないということを描いているのかなと感じた。改めて、アメリカンドリームとはなにかを考えさせられる作品に思える。

■受講者Fさん

（作者がマートルをどう見ていたかについて）

作者フィッツジェラルドは、マートルのことを「アメリカンドリームを取り損ねた、哀れで醜い女性」として見ているのではないかと推測する。理由として、労働者階級の強い憧れであるアメリカンドリームを掴む為に愛する同階級の夫を裏切り、高い身分を有する男と不倫関係に陥り、利用することによって、己の欲望・願望をまんまと手に入れようとするマートルの計算高さや、あざとさに嫌悪感を抱いていると感じられるからだ。その結果として、マートルの最期の場面については夫に不倫がバレてしまい監禁状態になるが、やっとのことで

抜け出した先に不倫相手の車を見つけすがり付こうとするが、その声は届かず轢き殺されてしまう（さらにマートルを轢いた車の運転者が不倫相手ではなく不倫相手の妻）というなんとも残酷な最期を描いたのではないかと考える。

■受講者 G さん
（作品中でマートルの果たす役割について）

　労働者階級生まれのギャツビーは「自分はここにいるような人間じゃない」と自ら行動を起こし、富を手にいれている。マートルも同じように上流階級になるために行動を起こしているがうまくはいかない。「人生は生まれつきのもので決まるわけではなく、その人の能力や実績で決まる」というアメリカンドリームを信じているのがわかる。ギャツビーは初めて出会った「良家」の娘デイジーに心を奪われ、手に入れようと奮闘する。マートルも同じように上流階級になるために行動を起こしているがうまくはいかない。ギャツビーが「良家」生まれのデイジーに魅力を感じたようにマートルも「良家」生まれのトムに魅力を感じている。

　二人は境遇がよく似ている。しかし二人が大きく違う点は、「男と女」であること、「成功しているか、していないか」であると私は考える。最終的にはギャツビーは成功への道よりデイジーを選んでしまっているものの莫大な財産や地位を手に入れている。もしマートルが男に生まれていたらこのような結果になっただろうか。ギャツビーが女に生まれていたらこのような結果になっただろうか。この二人はどの登場人物よりアメリカンドリームを理想として信じている。しかし *The Great Gatsby* の世界ではすでに差がついてしまっていて、理想と現実は違うということに気づけていない。この二人を見下すような描写がトムやニックによってされている部分が何か所かある。

以上のことから、この作品にマートルがいることによって、ギャツビーと比較され、階級社会の厳しさやアメリカンドリームがなくなりかけていることが強調されていると考える。

＊　　　　　＊　　　　　＊

　Eさんは、初読の感想で「読んでいて迷子になる」とコメントし、Fさんは、「印象に残った場面や興味を持った人物などもない状態である。きっとこの作品とは分かり合えないなと思った」と書いていた。Gさんは、「気がつくと、文字を目で追っているだけ」だったという。しかし、受講後には、アメリカの夢の空しさについて、労働者階級の女性に対する作者の嫌悪感について、あるいは、ギャツビーとマートルの同質性について、鋭い分析を行うまでに至っている。ひとりで読んでいたら初読の段階で投げ出していただろう『ギャツビー』を、授業という形で「強制的、制度的」に読んだからこそ、上記のような考察にまでたどりつくことができたと言えるのではないか。

　本章では、筆者の専門分野に引きつけて『グレート・ギャツビー』を味読する授業実践について詳述した。もちろん、同様のことは『ギャツビー』以外の文学作品を使っても可能であるし、すでに実践しておられる教員の方々も少なくないはずだ。文学作品に限らず、教員がそれぞれ最も得意とする分野の本を取り上げ、授業で学生とともに精読、味読する。その読書体験を通して、学生たちは本を読む喜びや意義を発見し、再確認し、本を読み続ける大人へと成長していく。これこそが、文学部、英文科の教育の本義だろう。

　目覚めるのは、毎年ほんの一握りの学生に限られているのは事実である。しかし、こうした授業実践を継続することでしか、本を読む学生を増やすことはできないと思うのである。

おわりに：生涯消えない読書体験のために

そろそろ紙幅も尽きてきたので、締めに入らなければならない。

本書では、本を読まない大学生の現状と読書の意義を確認したのちに、大学生に本を読ませるために鶴見大学文学部英語英米文学科で実践中の試みを紹介した。英語多読を中心とする「すそ野作戦」と、本格的に文学作品を読む「ギャツビーの教室」との２本立てから成る読書教育が、散発的ながら本を読む学生を生み出しつつある様子をできるだけ正確に記述したつもりである。とはいえ、読書教育の実践は継続中であり、成果が出るのはいつになるのかわからない。１年あるいは４年と調査期間を限定して成果を測ることは、もちろんできるだろう。しかし、読書教育の成果が真に実感されるのは、おそらくもっと先、学生たちが30代、40代、50代、60代、あるいはそれ以降になってからではないだろうか。筆者が目指すのは、学生たちが彼らより幼い者や未熟な者を周囲に持つようになったときに、自らの読書体験について誇らしく語れるようになることだ。そのときは忙しくて本を読む時間がなかったとしても、「自分はこんなふうに本を読んだことがあるんだ」「その読書体験が今の自分を支えているんだ」と思えることだ。

高野文子によるエッセー漫画『黄色い本—ジャック・チボーという名の友人』は、そうした深く生涯消えることのない読書体験を描いた秀作である。主人公の田家実地子は、雪深い田舎町で質素な高校生活を送る高校３年生である。洋裁の才のある彼女は、大久保メリヤスという下着をつくる会社に就職が決まっているが、高校生活の最後の日々をロジェ・マルタン・デュ・ガールによる長編小説『チボー家の人々』とともに過ごしている。幼い弟や従妹の面倒を見ながら、同級生と他愛ないおしゃべりをしながら、彼女はジャック・チボーとと

もに第一次世界大戦期のフランスを生きている。実地子の深い読書体験は、彼女が日常生活と作品世界を交錯させ、高校の教室でジャックと会話をしたり、煮しめの作り方を母親に教わりながら作中の台詞をつぶやいたりする描写から読み取れる。やがて、卒業と同時に、彼女は作品世界に別れを告げる。「仕事につかなくてはなりません。衣服に関する仕事をします」「革命とはやや離れますが、気持ちは持ち続けます」と革命の同志たちに彼女は誓う。そして、読み終えた本を学校の図書室の書棚に返すとき、彼女の心には、「いつでも来てくれたまえ」というジャックの声が響くのである。このエンディングは、高校でのこの読書体験が、その後の実地子の人生を支えるに違いないという確信を読者に伝えている。ことあるごとに、彼女はこの本に戻っていくのだろうということを。実地子の物語が作者、高野文子の実体験に基づいているとするなら、『黄色い本』が描かれたという事実が、それを裏づけている。深い読書体験は、生涯消えることなく一読者を支え励ますのである。

　筆者が教室での読書を通して学生に伝えたいのは、ただこの一点である。

　最後に、謝辞を述べたい。本書の執筆には、私自身の読書体験が深く関わっている。幼い頃に私が繰り返し読んだ多くの本たち、それを書いたすべての著者たちが本書執筆の動機となっている。その中には多くのリトールド版（こども向けに簡単な語彙で書き直された版）が含まれていた。オルコットの『若草物語』やユーゴーの『ああ無情』との出会いは、翻訳のリトールド版を通してだった。私が英語多読において、最初はリトールド版から読み始めても学習者の学びを決して阻害することはないと信じるのは、そのような自身の体験に基づいている。たとえリトールド版でも、その本が生涯消えない読書体験を生むのであれば、その読み手は必ず本を読み続けるはずだ。私がその生きたサンプ

ルである。というわけで、私が幼い頃に読んだすべての本に、まずは心からの感謝を捧げたい。

　続いて３人の恩師に謝意を表したい。フィッツジェラルド研究への確かな道しるべを示してくださった宮脇俊文先生、文学研究と英語教育研究の共存の可能性を啓発してくださった斎藤兆史先生、そして、大学院生時代から続くご自宅での読書会にて、文学研究とは、「作品を直接的に『読み』、生身の自分をもとにして受け止めたことを、『素直に』そのまま人に伝える努力である」ということを、ご自身のテキスト精読の姿勢を通して教えてくださった亀井俊介先生の学恩はあまりに大きく、感謝の念は言葉に尽くしがたい。

　多読に関する共同研究の過程では、小林めぐみ先生、草薙優加先生より、長年にわたり多くの率直で温かい助言をいただいた。鶴見大学文学部英語英米文学科の同僚の先生方、鶴見大学図書館の司書、職員の方々、そのほか職場の皆様には、多読の普及、授業運営の上で並々ならぬご理解、ご協力を賜った。鶴見大学比較文化研究所の冨岡悦子所長をはじめ、所員の先生方には、このような執筆の機会をいただいたことに心より感謝申し上げたい。

　最後の最後に忘れてはならないのは、授業やブックカフェを通して出会った鶴見大学の学生の皆さんである。その中には、本書執筆にあたり、インタビューやアンケートに快く協力してくださった学生さんも多く含まれる。ひとりひとりのお名前を挙げることはできないが、顔を思い浮かべながらこの文章を書いている。本当にありがとう。本書は、しつこい教師に迫られて、最初はいやいやながらでも一生懸命本を読む活動に取り組んでくださった皆さんに捧げられる。どうか、大学在学中に１冊でもいいから、生涯あなたを励まし続けてくれる本、「また、本でも読もうかな」と思わせてくれる本と出会ってほしい。

　明日も、新しい本を用意して、教室で、ブックカフェで、あなたが顔を見せ

てくれるのを待っています。

注釈

本文中に引用した英文の翻訳は筆者による。

第1章

1 テクストとの対話については、Rosenblatt の交流理論（Rosenblatt, 1978）、Iser 他の読者反応理論（イーザー, 2005; 山元, 2014）なども参考になる。また、言語習得としてのリーディング研究の分野では、Grabe（2009）がリーディングのプロセスの一つに "an interactive process" を挙げており、"Reading is also an interaction between the reader and the writer." と述べている（p.15）。

2 ロラン・バルトは、「作者の死」の中で、「書物よりも前に存在し、書物のために考え、悩み、生き」「自分の作品に対して、父親が子供に対してもつのと同じ先行関係をもつ」ような実体を持った作者を否定し、テクストを作者から独立したものとして読む方法を提唱した（バルト, 2008, p.84）。

第2章

1 この事業は現在も継続中で、毎年12月に表彰式が行われている。詳細は鶴見大学英語英米文学科ブログ https://tued.weebly.com/english-reader-marathon.html を参照されたい。

2 とはいえ、メタ認知が苦手な学習者ももちろんいる。そういう学習者には、多読用のクイズを理解度チェックに使うこともある（MReader というクイズサイトを参照のこと。https://mreader.org/index.php）。クイズを受けたほうが読書が進むという学習者もいるので、臨機応変な対応が求められる。

3 Weekly Report は、学術研究助成基金助成金（基盤研究（C））「複合的多読授業の研究：フィンランド式教育法に基づくアクティビティの開発」（研究番号24520607）において、共同研究者である草薙優加氏、小林めぐみ氏とともに作成した原案を元に、筆者が対象授業に合わせてアレンジしたものである。

4 Communication Sheet は、小林めぐみ氏発案の「読書計画書」にヒントを得た（小林, 2010, p.187）。

5 この事業は、平成28、29年度学長裁量経費の助成を受けて行われた。実際の作業は、図書館司書、職員の皆さん、学生アルバイトの皆さんの多大なるご協力の元に実施された。ここに謝意を表する。

6 X-Reading については、以下のサイト（https://xreading.com）を参照されたい。有料なので、利用するには図書館や学部・学科等の協力が不可欠である。

7 2017年度はアンケートを実施せず、年間総語数、総冊数のみ報告させた。また2018年度は別種のアンケートを実施したため、図4、5に相当するグラフは作成できなかった。

第3章

1 インタビューは本人の了承を得た上で筆者がメモを取った。さらに、書き起こしたものを本人に読んでもらい、加筆修正を施した。

2 リーダー・マラソンについては、2.2.1を参照のこと。

3 YL4.0〜5.0は、例えばロアルド・ダールの *George's Marvelous Medicine*（『ぼくのつくった魔法のくすり』）や、サン＝テクジュペリの *Little Prince*（『星の王子さま』）英訳版が読めるくらいのレベルである。

4 筆者が D さんに与えたアドバイスは、大津（2009, 2011）に基づく。大津は、外国語学習の「センス」とはメタ言語意識、つまり言語を意識化し、ことばのおもしろさ、豊かさ、怖さに気づくことであると述べた上で、次のように続ける。「そのメタ言語意識そのものは、まず、学習者の母語を使ってその育成が図られるのがよいと考えます。なんと言っても、母語に対しては直感が利くからです。言語教育の第一歩は、その直感（あるいは、そのもとにある知識）を意識化させることです。優れた英語運用能力を身につけた人々の多くは母語運用能力も優れており、その基盤にはメタ言語能力に支えられた言語意識が横たわっているのです。」（pp. 29-30）

第4章

1 「子どもの読書活動と人材育成に関する調査研究」によれば、忘れられない本がある青少年、成人ほど、その後の読書量、読書時間が多いという（国立青少年教育振興機構, 2013）。
2 詳細は、100 Best Books: Modern Library（http://www.modernlibrary.com/top-100/100-best-novels/）を参照。
3 詳細は、Open Syllabus Explorer（http://explorer.opensyllabusproject.org）を参照。
4 ウェスト・エッグ（West Egg）とイースト・エッグ（East Egg）は、アメリカの West ＝西部（田舎）と East ＝東部（都会）を象徴する地名である。ウェスト・エッグにギャツビーとニックが住み、イースト・エッグにブキャナン夫妻が住んでいることは、両者の間の格差を暗示している。
5 以下、*The Great Gatsby* からの引用はすべて、*The Great Gatsby*（New York: Scribner, 1992）による。
6 8コマ漫画のアイディアは、NPO 法人あきた NPO コアセンター理事の稲村理紗氏によりご教示いただいた。ここに謝意を表する。
7 学生による8コマ漫画は本人の了承を得てここに掲載した。
8 学生によるレポートは本人の了承を得てここに掲載した。

参考文献一覧（日本語文献は五十音順、英語文献はアルファベット順）

はじめに：本を読まない大学生
「変わる街　かすむ書店の存在感」(2017, August 24).『朝日新聞』.
全国大学生活協同組合連合会 (2018).「第53回学生生活実態調査の概要報告」Retrieved from http://www.univcoop.or.jp/press/life/report.html
深谷素子 (2009).「英語授業における文学作品活用の試み：教員の専門分野に偏らず、訳読偏重に陥らず、文学作品を生かすには何をすべきか」『成蹊大学一般研究報告』*42* (3), 1-19.
文化庁 (2014).「平成25年度『国語に関する世論調査』の結果の概要」Retrieved from http://www.bunka.go.jp/tokei_hakusho_shuppan/tokeichosa/kokugo_yoronchosa/pdf/h25_chosa_kekka.pdf
「本　売れぬなら…」(2018, September 15).『朝日新聞（夕刊）』.
文部科学省 (2015).「国立大学法人等の組織及び業務全般の見直しについて（通知）」Retrieved from http://www.mext.go.jp/component/a_menu/education/detail/__icsFiles/afieldfile/2015/10/01/1362382_1.pdf

第1章　読書とは
イーザー, W. (2005).『行為としての読書：美的作用の理論』轡田収 (訳). 東京：岩波書店.（Original work published 1976)
内田樹 (2002).『寝ながら学べる構造主義』東京：文藝春秋.
内田樹 (2008).『街場の教育論』東京：ミシマ社.
鹿島茂 (2011).「理由は聞くな、本を読め」『読書のとびら』岩波文庫編集部 (編) (pp.55-63). 東京：岩波書店.
加藤典洋 (2004).『テクストから遠く離れて』東京：講談社.
ソシュール, F. (2016).『新訳　ソシュール一般言語学講義』町田健 (訳). 東京：研究社.（Original work published 1916)
バルト, R. (2008).「作者の死」『物語の構造分析』(pp.79-89). 花輪光 (訳). 東京：みすず書房.
「ひもとく　番外編　読書は必要？」(2017, April 16).『朝日新聞』.
村上春樹 (2014).「木野」『女のいない男たち』(pp.211-261). 東京：文藝春秋.
山元隆春 (2014).『読者反応を核とした「読解力」育成の足場づくり』広島：渓水社.
Douglass, F. (1994). *The narrative of the life of Frederick Douglass, an American slave.* In *Frederick Douglass: Autobiographies* (pp.1-102). New York, NY: The Library of America. (Original work published 1845)
Grabe, W. (2009). *Reading in a second language: Moving from theory to practice.* Cambridge, UK: Cambridge UP.

Jobs, S. (2005). 'You've got to find what you love,' Jobs says. *Stanford News*, Retrieved from https://news.stanford.edu/2005/06/14/jobs-061505/

Manguel, A. (1996). *A history of reading*. New York, NY: Penguin Books.

Reynolds, S. (2016). What you read matters more than you might think. *Psychology Today*. Retrieved from https://www.psychologytoday.com/intl/blog/prime-your-gray-cells/201606/what-you-read-matters-more-you-might-think

Rosenblatt, L. M. (1978). *The reader, the text, the poem: The transactional theory of the literary work*. Carbondale, IL: Southern Illinois UP.

Twain, M. (1985). *The adventures of Huckleberry Finn*. London, UK: Penguin Books. (Original work published 1884)

第2章 「すそ野作戦」その1：英語多読

SSS 英語学習法研究会 (2005). 『めざせ100万語！読書記録手帳』東京：コスモピア.

小林めぐみ (2010). 「多読指導における個別面談の役割」『多読で育む英語力＋α』(pp.171-201). 小林めぐみ, 河内智子, 深谷素子, 佐藤明可, & 谷牧子 (成蹊大学国際教育センター多読共同研究プロジェクトグループ) (編著), 東京：成美堂.

酒井邦秀 (2002). 『快読100万語！ペーパーバックへの道』東京：ちくま学芸文庫.

酒井邦秀・西澤一 (編著) (2014). 『図書館多読への招待』東京：日本図書館協会.

高瀬敦子 (2010). 『英語多読・多聴指導マニュアル』東京：大修館書店.

豊田高専 (2011). 「多読・多聴による英語教育改善の全学展開：苦手意識を早期に克服し, 自律学習を継続させ, 英語運用能力を顕著に向上させる新しい英語教育の展開・伸張　報告書（Web 版）」Retrieved from https://researchmap.jp/?action = cv_download_main&upload_id =123303

西澤一・吉岡貴芳. (2017, August). 「読みやすさが TOEIC 得点上昇率に与える影響」, Paper presented at the 4th World Congress on Extensive Reading, Toyo Gakuen University, Tokyo, Japan.

廣森友人 (2015). 『英語学習のメカニズム：第二言語習得研究にもとづく効果的な勉強法』東京：大修館書店

古川昭夫 (2010). 『英語多読法』東京：小学館.

Day, R. R., & Bamford, J. (1998). *Extensive reading in the second language classroom*. Cambridge, UK: Cambridge UP.

Hill, D. (1992). *The EPER guide to organising programmes of extensive reading*. Institute for Applied Language Studies, Edinburgh, UK: University of Edinburgh.

Krashen, S. (1985). *The input hypothesis: Issues and implications*. New York, NY: Longman.

Krashen, S. (2004). *The power of reading: Insights from the research* (2nd ed.). Westport, CT: Libraries Unlimited.

Lobel, A. (1970). *Frog and Toad are friends*. New York, NY: HarperCollins.

---. (1978). *Grasshopper on the road*. New York, NY: HarperCollins.

Nation, I. S. P. (2009). *Teaching ESL/EFL reading and writing.* New York, NY: Boutledge.

Raschka, C. (1993). *Yo! Yes?* New York, NY: Orchard Books.

Reynolds, P. H. (2011). *I'm here.* New York, NY: Atheneum Books.

---. (2005). *ish.* London, UK: Walker Book. (Original work published 2004)

Silverstein, S. (2004). *The missing piece.* New York, NY: HarperCollins. (Original work published 1976)

第3章　「すそ野作戦」その2：ブックカフェ開設

大津由紀雄（編著）（2009）．『危機に立つ日本の英語教育』東京：慶應義塾大学出版会．

大津由紀雄（2011）．「『ことばへの気づき』を育てる—小学生にとっての英語を考える」『佐藤学 内田伸子 大津由紀雄が語る：ことばの学び、英語の学び』（pp.17-46）．東京：ラボ教育センター．

スタイルズ，M.（2002）．「トンネルのなかで—絵本とポストモダン」谷本誠剛（訳）『子どもはどのように絵本を読むのか』（ワトソン＆スタイルズ編，pp.56-98）．東京：柏書房（Original work published 1996）

山元隆春（2011）．「ポストモダン絵本論からみた文学教育の可能性：マコーレイ『白黒』に関する議論を手がかりとして」『国語研究』52号，72-93.

Anstey, M. (2002). "It's not all black and white"：Postmodern picture books and new literacies. *Journal of Adolescent and Adult Literacy, 45*(6), 444-457.

Lazar, G. (2015). Playing with words and pictures: Using post-modernist picture books as a resource with teenage and adult language learners. In M. Teranishi, Y. Saito, & K. Wales (Eds.), *Literature and language learning in the EFL classroom* (pp.94-111). London, UK: Palgrave Macmillan.

第4章　『グレート・ギャツビー』の教室

阿部公彦（2014）．「主人公の資格—F・スコット・フィッツジェラルド『グレード・ギャツビ』」『英語的思考を読む：英語文章読本II』（pp.87-109). 東京：研究社．

斎藤兆史（2005, December）．「文学教材を用いた英語教育」早稲田大学文学部英文学会・教育学部英語英文学会2005年度合同大会講演，早稲田大学西早稲田キャンパス．

諏訪部浩一（2017）．「小説への誘い—「入口」としての20世紀アメリカ小説」『教室の英文学』（日本英文学会（関東支部）編，pp.224-232). 東京：研究社．

関戸冬彦（2010）．「英語教育実践報告—2009年度『英語演習I・II』における様々な試み」『マテシス・ウニウェルサリス』12 (1), pp.163-186.

独立行政法人国立青少年教育振興機構（2013）．「子どもの読書活動の実態とその影響・効果に関する調査研究報告書」Retrieved from http://www.niye.go.jp/kenkyu_houkoku/contents/detail/i/72/

フィッツジェラルド，F. S.（2006）．『グレート・ギャツビー』村上春樹（訳），東京：中央公論新社．

村上春樹（1991）．『ノルウェイの森（上）』東京：講談社文庫．

100

Fitzgerald, F. S. (1992). *The Great Gatsby*. New York, NY: Scribner. (Original work published 1925)

おわりに：生涯消えない読書体験のために

高野文子（2017）.『黄色い本―ジャック・チボーという名の友人』東京：講談社.（Original work published 2002)

101

【著 者 紹 介】

深谷　素子（ふかや　もとこ）

1967年栃木県生まれ。1996年早稲田大学大学院文学研究科英文学専攻博士後期課程単位修得退学。成蹊学園国際教育センター常勤講師、慶應義塾大学法学部専任講師（有期）を経て、2014年より鶴見大学文学部英語英米文学科准教授。専門はアメリカ文学、英語教育。共著に『アメリカの旅の文学――ワンダーの世界を歩く』（昭和堂、2009年）、『多読で育む英語力 プラス α（アルファ）』（成美堂、2010年）、*Literature and Language Learning in the EFL Classroom*（Palgrave Macmillan、2015年）など。共訳書にヘレン・ハント・ジャクソン『ラモーナ』（松柏社、2007年）など。

〈比較文化研究ブックレット No.17〉

「本を読まない大学生と教室で本を読む」
文学部、英文科での挑戦

2019年 3 月25日　初版発行

著　　　者　深谷　素子
企画・編集　鶴見大学比較文化研究所
　　　　　　〒230-0063　横浜市鶴見区鶴見2-1-5
　　　　　　鶴見大学 6 号館
　　　　　　電話　045（580）8196
発　　　行　神奈川新聞社
　　　　　　〒231-8445　横浜市中区太田町2-23
　　　　　　電話　045（227）0850
印　刷　所　神奈川新聞社クロスメディア営業局

定価は表紙に表示してあります。

「比較文化研究ブックレット」の刊行にあたって

比較文化は二千年以上の歴史があるが、学問として成立してからはまだ百年足らずである。近年、世界のグローバル化に伴いその重要性は増してきている。特に異文化理解と異文化交流、異文化コミュニケーションといった問題は、国内外を問わず、切実かつ緊急の課題として現前している。同時多発テロの深層にも異文化の衝突があることは誰もが認めるところであろう。

さらに比較文化研究は、あらゆる意味で「境界を超えた」ところに、その研究テーマがある。国家や民族ばかりではなく時代もジャンルも超えて、人間の営みとしての文化を研究するものである。インターネットで世界が狭まりつつある二十一世紀が、同時多発テロと報復戦争によって始まったことは歴史のパラドックスであろう。文化もテロリズムも戦争も、その境界を失いつつある現在、比較文化研究はその境界を超えた視点を持った新しい学問なのである。

鶴見大学に比較文化研究所準備委員会が設置されて十余年、研究所が設立されて三年を越えて機も熟し、本シリーズの発刊の運びとなった。比較文化論は近年ブームともいえるほど出版されているが、その多くは思いつき程度の表面的な文化比較であり、学術的検証に耐えうるものは少ない。本シリーズは学術的検証に耐えつつ、啓蒙的教養書として平易に理解しやすい形で、知の文化的発信を行おうという試みである。大学およびその付属研究所の使命は、単に閉鎖された空間における学術研究のみにその使命があるのではない。ましてや比較文化研究が閉鎖されたものであって良いわけがない。広く社会にその研究成果を公表し、寄与することこそ最大の使命であろう。勿論、研究所のメンバーはそれぞれ機関誌や学術誌に各自の研究成果を発表しているが、本シリーズでより豊かな成果を社会に問うことを期待している。

二〇〇二年三月

鶴見大学比較文化研究所　初代所長　相良英明

比較文化研究ブックレット近刊予定

■フィリピンの土製焜炉

田中和彦

　土製焜炉は、高床住居や船において、調理のために使用される道具である。その起源は南中国にあると考えられ、長江下流域の新石器時代の遺跡（紀元前5,000年）からすでに知られている。フィリピンでも新石器時代の遺跡（紀元前1,000年）から知られており、近年は、15世紀の沈没船などからも出土例が知られている。そこで、まず、フィリピンでの土製焜炉の出土例を時代ごとにまとめたい。

　一方、フィリピンでは、現在も製作、使用されている道具でもある。そして、地域ごとに形態などがことなっている。そこで、このブックレットでは、筆者がフィリピン留学中に収集したフィリピン各地の資料を含めて、フィリピンにおける土製焜炉の地域的特徴についても概観したい。

■「学校に行かなくても成長できる」(仮題)

吉村順子

　5年連続で不登校の生徒数が増加し、とうとう過去最高の数を記録した。最近の調査結果によると、不登校予備軍といえる中学生が全体の1割を占めることがわかった。今、学校という体制にうまく適応できない子供たちの存在が無視できなくなっている。子どもが不登校やひきこもりになったとき、保護者や教員はどのように対処したらよいだろうか。筆者は保護者の心情等を「不登校かるた」としてまとめた。学校に行かない子どもをどのように受け止めるかをユーモアによって認知する方法を考えたい。

比較文化研究ブックレット・既刊

No.1　詩と絵画の出会うとき

〜アメリカ現代詩と絵画〜　森　邦夫

　ストランド、シミック、ハーシュ、3人の詩人と芸術との関係に焦点をあて、アメリカ現代詩を解説。

A5判　57頁　602円（税別）
978-4-87645-312-2

No.2　植物詩の世界

〜日本のこころ　ドイツのこころ〜　冨岡悦子

　文学における植物の捉え方を日本、ドイツの詩歌から検証。民族、信仰との密接なかかわりを明らかにし、その精神性を読み解く！

A5判　78頁　602円（税別）
978-4-87645-346-7

No.3　近代フランス・イタリアにおける　　　悪の認識と愛

加川順治

　ダンテの『神曲』やメリメの『カルメン』を題材に、抵抗しつつも〝悪〟に惹かれざるを得ない人間の深層心理を描き、人間存在の意義を鋭く問う！

A5判　84頁　602円（税別）
978-4-87645-359-7

No.4　夏目漱石の純愛不倫文学

相良英明

　夏目漱石が不倫小説？　恋愛における三角関係をモラルの問題として真っ向から取り扱った文豪のメッセージを、海外の作品と比較しながら分かりやすく解説。

A5判　80頁　602円（税別）
978-4-87645-378-8

比較文化研究ブックレット・既刊

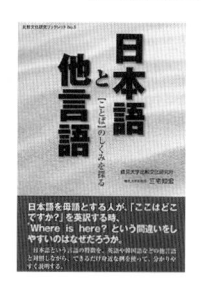

No.5　日本語と他言語

【ことば】のしくみを探る　三宅知宏

　日本語という言語の特徴を、英語や韓国語など、他の言語と対照しながら、可能な限り、具体的で、身近な例を使って解説。

A 5 判　88頁　602円（税別）
978-4-87645-400-6

No.6　国を持たない作家の文学

ユダヤ人作家アイザックB・シンガー　大﨑ふみ子

　「故国」とは何か？　かつての東ヨーロッパで生きたユダヤの人々を生涯描き続けたシンガー。その作品に現代社会が見失った精神的な価値観を探る。

A 5 判　80頁　602円（税別）
978-4-87645-419-8

No.7　イッセー尾形のつくり方ワークショップ

土地の力「田舎」テーマ篇　吉村順子

　演劇の素人が自身の作ったせりふでシーンを構成し、本番公演をめざしてくりひろげられるワークショップの記録。

A 5 判　92頁　602円（税別）
978-4-87645-441-9

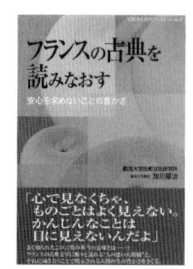

No.8　フランスの古典を読みなおす

安心を求めないことの豊かさ　加川順治

　ボードレールや『ル・プティ・フランス』を題材にフランスの古典文学に脈々と流れる“人の悪い人間観”から生の豊かさをさぐる。

A 5 判　136頁　602円（税別）
978-4-87645-456-3

比較文化研究ブックレット・既刊

No.13 国のことばを残せるのか

ウェールズ語の復興　松山　明子

イギリス南西部に位置するウェールズ。そこで話される「ウェールズ語」が辿った「衰退」と「復興」。言語を存続させるための行動を理解することで、私たちにとって言語とは何か、が見えてくる。

A5判　62頁　602円（税別）

978-4-87645-538-6

No.14 南アジア先史文化人の心と社会を探る

―女性土偶から男性土偶へ：縄文・弥生土偶を参考に―　宗䑓秀明

現在私たちが直面する社会的帰属意識（アイデンティティー）の希薄化・不安感に如何に対処すれば良いのか?先史農耕遺跡から出土した土偶を探ることで、答えが見える。

A5判　60頁　602円（税別）

978-4-87645-550-8

No.15 人文情報学読本

―胎動期編―　大矢一志

デジタルヒューマニティーズ、デジタル人文学の黎明期と学ぶ基本文献を網羅・研修者必読の書。

A5判　182頁　602円　（税別）

978-4-87645-563-8

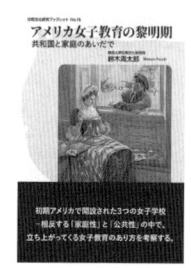

No.16 アメリカ女子教育の黎明期

共和国と家庭のあいだで　鈴木周太郎

初期アメリカで開設された３つの女子学校。
　―相反する「家庭性」と「公共性」の中で、立ち上がってくる女子教育のあり方を考察する。

A5判　106頁　602円　（税別）

978-4-87645-577-5